FVA

BODO KIRCHHOFF
WIDERFAHRNIS

EINE NOVELLE

FRANKFURTER  VERLAGSANSTALT

FSC

www.fsc.org

MIX

Papier aus ver-
antwortungsvollen
Quellen

FSC® C014496

4. Auflage
© Frankfurter Verlagsanstalt GmbH,
Frankfurt am Main 2016
Alle Rechte vorbehalten
Lektorat: © Frankfurter Verlagsanstalt GmbH
Herstellung und Umschlaggestaltung: Laura J Gerlach
Unter Verwendung eines Umschlagmotivs
von iStockphoto.com/Miguel Claro
Satz: psb, Berlin
Druck und Bindung: GGP Media GmbH, Pößneck
Printed in Germany
ISBN 978-3-627-00228-2

1

Diese Geschichte, die ihm noch immer das Herz zerreißt, wie man sagt, auch wenn er es nicht sagen würde, nur hier ausnahmsweise, womit hätte er sie begonnen? Vielleicht mit den Schritten vor seiner Tür und den Zweifeln, ob das überhaupt Schritte waren oder nur wieder etwas aus einer Unruhe in ihm, seit er nicht mehr das Chaos von anderen verbesserte, bis daraus ein Buch wurde. Also: Waren das Schritte, abends nach neun, wenn hier im Tal schon die Lichter ausgingen, oder war da etwas mit ihm? Und dann käme die Zigarette, die er sich angesteckt hatte; wenn nämlich sein ewiges Metallfeuerzeug aufschnappte, beendete das Geräusch jeden Spuk, auch den von innen. Und mit der Zigarette im Mund holte Reither – genau an der Stelle hätte er den Namen eingeführt – eine Flasche von dem apulischen Roten aus einem Karton im Flur, die vorletzte. Der Wein um diese Stunde, das friedliche Laster, das einen entfernt von der Welt, all ihrem Elend, selbst was vor der eigenen Tür geschieht, muss man nicht wissen.

Ja, das waren Schritte. Als würde dort wer, nachdenklich, auf und ab gehen. Reither holte noch seinen Korkenzieher und kniete sich damit im Wohnzimmer auf den Boden, weil dort erstens der Aschenbecher war und zweitens ein Buch lag, das er am frühen Abend entdeckt hatte. Aber eigentlich folgte er nur der Gewohnheit, Dinge, in die man sich hineinknien sollte, auch im Knien zu tun, wie noch im letzten Jahr in seinem Kleinstverlag, wenn er Entwürfe für neue Umschläge auf dem Parkett ausgebreitet hatte – auf einem Tisch bekam man keinen Blick für das Ganze, vom Bildschirm gar nicht zu reden. Und auch eins der wenigen Fotos von sich, die er gelten ließ, zeigt ihn kniend und mit Zigarette im Mund, beobachtet von einer Frau, wobei nur ihre Beine zu sehen sind. Alles an ihm ist zielgerichtet, der zu Boden gestreckte Arm, die im selben Winkel abwärtszeigende Zigarette, das von der Nase diktierte Profil unter noch dichtem Haar, der Blick auf das eigene Tun, mit dem Daumen etwas anzubringen an einem verrotteten Schild, das er als Umschlagmotiv gewählt hat und an das er noch letzte Hand anlegt, wie an jedes seiner Bücher in über dreißig Jahren, bis damit Schluss war. Vorigen Herbst hatte er den Reither-Verlag samt angeschlossener Miniaturbuchhandlung liquidiert und die Parterreetage in einem Frankfurter Altbau verkauft; mit dem Erlös konnte er Schulden bei Druckereien bezahlen, der Großstadt den Rücken kehren und in die Wohnung mit Blick auf Wiesen und Berge ziehen, auch wenn auf den Wiesen Ende April noch Schnee lag. Dafür war man hier, im oberen Weissachtal, der Welt des müden Lächelns entkommen: für alles, was einer wie er zweimal im Jahr gedruckt und gebunden zu bieten hatte.

Reither drehte den Dorn in den Korken der Flasche. Als das eine Foto entstand – es lag gerahmt in der Küche, er konnte sich nicht entscheiden, es aufzuhängen –, hatte er noch in Gesellschaft getrunken; die ins Bild ragenden Beine gehörten einer Frau, die ihn kurz darauf verlassen sollte, ein mit Selbstauslöser gemachtes Foto, sozusagen glücklich verunglückt. Er zog jetzt am Korken, bis er blitzende Kringel sah, eine vergebliche Mühe; er war nicht bei der Sache, er war bei den Schritten vor seiner Tür. Da war jemand im Gang, eigentlich kein Aufenthaltsort, mit einer Wandfarbe, die nicht verriet, ob es Farbe an sich war oder nur der verblasste Rest einer geistlosen Farbidee. Kein Mensch ging dort grundlos auf und ab. Reither drückte die Zigarette aus und lehnte das entdeckte Buch an den bauchigen Aschenbecher – wer wollte da etwas von ihm? Und wollte er, dass jemand etwas von ihm wollte? Vielleicht; vielleicht aber auch nur, weil der Frühling ausblieb. Der Winter war nicht seine Zeit, zum vierundsechzigsten Mal schon, die paar Kleinkindwinter nicht mitgerechnet. Und der Wein gegen den Winter, der war übrig von einer Reise in seinem alten Toyota-Kombi bis nach Apulien, mit offenen Fenstern als Klimaanlage in der Augustglut. Und das Buch am Aschenbecher war nur ein Büchlein, kaum fünfzig Seiten, eindeutig selbst verlegt, die Gestaltung dafür recht ansprechend, deshalb war es ihm aufgefallen, aber auch, weil es keinen Titel hatte oder der Name auf dem Umschlag der Titel war, Ines Wolken – nie gehört und wohl erfunden. Derartige Einsendungen hatte er oft wochenlang liegen lassen, um dann die erste und letzte Seite zu überfliegen, in seiner Abneigung fast immer bestätigt.

Er zog noch einmal, und nun kam der Korken mit einem fast menschlichen Laut, er füllte eins von zwei Gläsern. Das meiste Geschirr hatte er verschenkt, das übrige so unter Wert verkauft wie all seine Rechte und den alten Toyota. Mit dem Glas und dem Buch ging er zu seinem Lesesessel; den hatte er mitgenommen, auch einiges für die Küche, wenige Möbel, Kleidung für jede Jahreszeit und Bücher für jede Stimmung, da genügten hundert. Sie lagen auf dem Esstisch und waren auf dem Boden gestapelt, während alles, was er je verlegt hatte, im Jahr höchstens vier Romane, die diesen Namen verdienten, noch in einem Kellerraum lagerte. Und eigentlich wollte sich Reither jetzt setzen, aber er zog seine Schuhe aus und ging wieder in den Flur, das Glas und das Buch in den Händen, er trat an die Tür. Da atmete wer auf der anderen Seite, ja räusperte sich leise, als wollte er gleich etwas sagen oder sagte es schon mit innerer Stimme, ich will gar nicht stören, nur ein paar Worte wechseln. Er holte Luft, die Luft für den ersten Schluck am Abend, wenn alles Denken in ein Schmecken mündet und die Welt für Momente auf eine Zunge passt, er nahm den Schluck, nur blieb die Wirkung aus – die Welt, das war das leise Räuspern auf der anderen Seite der Tür. Ein Blick durch den Spion, und er hätte Bescheid gewusst, sicher; aber er zog es vor, sich das Buch anzusehen. So ein Fund war nicht zu erwarten gewesen, als er an diesem Sonntag das sogenannte Kaminfoyer mit einer Wand voll hinterlassener Bücher besucht hatte, zur Zeit des Abendessens in den nahen Restaurants, um dort allein zu sein. Und zwischen begehrlich aufgemachten Liebesromanen, jeder Umschlag nur ein Leugnen, wie sehr das Begehren das Sein verbraucht, war er auf dieses Buch gestoßen und damit sofort in seine Wohnung gegangen, um keinem zu begegnen, schon gar nicht jemandem vom Lesekreis der Wallberg-Apartments, wie der ganze Komplex hieß; die treibende Kraft des Kreises, eine Frau vom Typ Floristin, kürzlich abgebildet in der Zeitung für das Tal, hatte ihm schon einmal von weitem zugenickt.

Reither ging in die Küche, er holte sich etwas Bergkäse und gekochten Schinken, dazu Butter und frisches Brot; nicht dass er gern allein gegessen hätte, aber er aß auch nicht gern unter Beobachtung. Überhaupt hatte er von Anfang an keine Kontakte gesucht, nur mit zwei jungen Frauen vom Empfang unterhielt er sich bei Gelegenheit – Empfang, ein Wort aus der Eigentümerversammlung, als wohnte man in einem Hotel, und dabei ging es nur darum, dass nach Dienstschluss des Hausmeisters noch jemand ein Auge darauf hatte, wer die Anlage betrat oder verließ, was aber nicht viel kosten sollte, folglich saßen zwei am Empfang, die froh waren, überhaupt Arbeit zu haben. Beide kamen wie er aus zurückgelassenen Welten, die eine aus Bulgarien, Marina, die andere aus Eritrea, eine wahre Kinderbibelschönheit, Aster, der Stern; sie wechselten sich ab mit den Schichten, von vier Uhr nachmittags bis Mitternacht, die andere Schicht bis acht Uhr früh. Mit der blonden Bulgarin, immer eine Spur zu elegant für ihre Tätigkeit, sprach er über Prominente, die sie im Tal zu sehen geglaubt hatte, und bei der Eritreerin ging es um die Sprache selbst. Aster wollte in der fremden Sprache keine Fehler machen, während er sie ermunterte, grammatikalisch falsch, aber dafür ihrer leisen Art entsprechend zu reden. Leise drauflos, hieß sein Rat.

Er begann mit dem Essen, einem Stück Käse, umwickelt mit Schinken. An Ostern, als man überall heuchlerische Verwandte sah, die irgendwen besuchten, hatte er die Abendmahlzeiten in einem der Restaurants der Anlage eingestellt; er war entweder in nahe Wirtshäuser gegangen oder hatte bei sich gegessen und nebenbei Mails an alte Weggefährten geschrieben, Freunde wäre zu viel gesagt, etwa an Buchhändler, die ihm lange die Treue gehalten hatten, solche, die manchmal noch abends an ihren früheren Läden vorbeigingen und sich über Smartphones im Schaufenster wunderten; und seiner langjährigen einzigen Mitarbeiterin schrieb er sogar einen Brief, aus dem sie leicht schließen konnte, dass es ihm an nichts fehlte im Weissachtal. Die Kressnitz, wie er sie immer noch für sich nannte, war gewissermaßen seine nächste Angehörige, nähere gab es nicht.

Vor der Wohnungstür jetzt ein Geräusch wie unterdrücktes Niesen, einmal, zweimal – kein Wunder bei dem Wetter, ein Schlag aufs Gemüt und die Abwehr; die Kressnitz war auch in jedem April erkältet, in jedem, hatte aber selbst mit Schnupfen ihre Aufgabe erfüllt, die Talente zu trösten, wenn deren Wirrwarr noch zu groß war, um daraus ein Buch zu machen. Bis zuletzt hatte sie an all die Bedrückten, die sich mit Schreiben retten wollen, geglaubt, während er sie ohne Hoffnungen zum Italiener um die Ecke führte – irgendwann musste Schluss damit sein. Reither steckte sich eine neue Zigarette an, er ging wieder in den Flur. Natürlich hatten ihn viele bestärkt weiterzumachen, alle, die sein Alter für kein Alter hielten, weil sie selbst darauf zugingen, nur hatte er als Einziger dem Umstand ins Gesicht gesehen, dass es allmählich mehr Schreibende als Lesende gab. Er legte ein Ohr an die Tür. Entweder hielten jetzt zwei den Atem an, oder der Spuk war vorüber – schade eigentlich, er hatte lange keinen anderen Atem mehr gehört; also blieb ihm nur das entdeckte Buch, dem auch ein Klappentext fehlte und jeglicher Hinweis auf die Schreiberin. Reither tat es auf den Esstisch, er brachte Butter und Käse, das Brot und den Schinken in die Küche, dann füllte er sein Glas nach und stellte es auf dem Bändchen ab, etwas, das er früher nie getan hätte. Und schon waren auch zwei Tropfen von dem apulischen Roten auf dem so ansprechenden Umschlag – nichts als die Schrift, eine Arial, auf sandfarbenem Papier. Er versuchte, die Tropfen abzuwischen, aber die Flecken wurden nur größer. Da war es klüger, erst einmal zu rauchen; er trat an sein Panoramafenster, den Aschenbecher in der Hand, und sah in die Dunkelheit. Auf der Straße hinauf zum Achensee fuhren keine Autos mehr, es brach schon die Nacht an, früher oft eine rege Stunde, er hatte noch mit Buchhändlern telefoniert, sie gebeten, das eine und andere aus seinem Verlag doch mit in die Auslage zu stellen, aber diese Alten mit ebenfalls alten Telefonen noch ohne Mailbox, immer persönlich am Apparat, waren nach und nach gestorben. Er ging wieder zum Tisch und rieb erneut über die Flecken und verteilte sie noch mehr, also müsste er den Umschlag entfernen, bevor er das Buch zurückbrächte, als hätte es keinen gehabt. Den hatte es aber, diese Tatsache blieb; alles, was einmal war, bleibt eine Tatsache, das hatte er schon vor über zwanzig Jahren erfahren durch die Frau, die ihn verließ, auf einer Reise kurz vor dem Ziel; auch sie blieb eine Tatsache, dazu noch mit einem schönen, nicht erfundenen Namen.

Reither drückte die Zigarette aus, und in dem Moment klingelte es an der Tür, ein kurzes, aber entschiedenes Klingeln, und er sah an sich herunter, auf einen Pullover, wie man ihn nur schwer wieder loswird, wenn man sich einmal an ihn gewöhnt hat, ein Geschenk der Kressnitz zu seinem letzten runden Geburtstag. Moment, rief er und ging zu einem Schrank, den er neu gekauft hatte. Er zog den Pullover aus und nahm sich ein Hemd mit Brusttaschen, sein Hemd aus frühen Messetagen, als in den Taschen Zigaretten waren und die kleinen Flyer seines Herbstprogramms genau dort hineinpassten, dazu trug er eine Lederjacke, die er so ewig besaß wie das Feuerzeug, auch hierher mitgenommen, sie hing in der Garderobe. Auf dem Weg zur Wohnungstür griff er an den Kragen der Jacke, mit der er schon mehr erlebt hatte als ungebetenen Besuch am Abend, erst danach griff er an die Klinke – manchmal weiß man um etwas, noch bevor es eintritt, durch einen Anflug, eine Schwingung, wie jene Tiere, die vor Erdbeben unruhig werden, und schon beim halben Öffnen der Tür zeigte sich, was gerade noch dieser unerforschten Teilchenwelt angehört hatte: Vor seiner Fußmatte stand die treibende Kraft des Lesekreises, und sie stand dort in einem Sommerkleid.

Was kann ich für Sie tun? Reither strich sein Haar aus der Stirn und schaffte es noch, ein Guten Abend anzufügen, da war er schon im Bann ihrer auch sommerlichen Schuhe und sah sich selbst in Socken. Es ist spät, sagte sie, und wenn ich bei etwas gestört habe, vielleicht beim Fernsehen, tut es mir leid. Ich will auch gar nicht weiter stören, nur ein Gespräch vereinbaren, sagen wir morgen, elf Uhr, im Kaminfoyer?

Die Besucherin – auch wenn sie, strenggenommen, noch gar keine war – stand nun mit beiden Schuhen halb auf der Matte, und zutreffender wäre es, von beiden Füßen zu sprechen, weil nur ein paar minzfarbene Riemchen darum lagen, das hieß, sie stand dort in Sandalen, die aber nichts Gesundheitliches hatten, vielmehr etwas nervös

Libellenhaftes, von dem Reither nur langsam den Blick hob. Einen Fernsehapparat besitze ich gar nicht, erwiderte er, also kann mich auch nichts davon wegreißen. Dieses morgige Gespräch, worum geht es da? Eine Frage, die wohl jeder gestellt hätte, höchstens mit anderen, eher verbindlicheren Worten, und erst jetzt hob er den Blick so weit, dass er die Frau vor der Tür – sie war ein Stück zurückgetreten – ansah, auch wenn es mehr ein Schauen war: ungläubig, hätte er in dem Fall für das passende Wort gehalten. Er schaute in ein Gesicht von der Art, die einen daran denken lässt, wie es in früheren Jahren gewesen sein muss, bestürzend schön, einfach weil es immer noch etwas Bestürzendes hatte, mit Augen von einem bläulichen Grau, provisorisch getürmtem Haar im Ton von Pistazienschalen, einer soliden Nase, ihre Flügel jedoch zart, dazu ein blasser, voller Mund, voll wegen seiner Blässe; sie war jünger als er, aber nicht dramatisch jünger. Es geht um unseren Lesekreis, sagte sie. Nur lassen Sie uns bei Tage darüber reden, morgen also? Sie strich ein paar Haare, die sich gelöst hatten, aus der Stirn und blies dem letzten hinterher, und Reither sah wieder auf die so sommerlichen Schühchen. Bitte, seit wann unterhält man sich über das Lesen besser tagsüber als nachts? Ein Einwand, der ihn selbst überraschte, nicht weil er falsch gewesen wäre, sondern leichtsinnig, fast eine Einladung. Die Lesekreisleiterin räusperte sich leise, sie schien die Vor- und Nachteile von Tag und Nacht abzuwägen. Was wusste sie über ihn, das war die Frage; immerhin war sein Name noch nicht gefallen, an der Apartmenttür standen auch nur Initialen. Aber manche Gespräche, wandte sie ein, führen zwei Menschen doch besser, wenn sie hellwach sind.

Hellwach, das klang nach einer Warnung, als ginge es um heikle Dinge bei dem Gespräch. Sagen Sie, wie lange standen Sie vor der Tür? Er musste das fragen, ihr diese kleine Ruppigkeit zumuten. Wie lange? Nun, ich habe nicht auf die Uhr gesehen. Aber Sie standen zeitweilig auf der anderen Seite, ich habe Ihre Zigarette gerochen – ohne Filter. Folglich haben wir beide gezögert. Weil das Menschliche mit der Zeit kaum einfacher wird, nicht wahr? Mit einem Lächeln kam das, als hätte sie schon die Wohnung betreten, und dabei war sie wieder etwas zurückgewichen, Füße jetzt locker gekreuzt, passend zu den offenen Schuhen, eher türkisfarben, seitlich mit blauen Sprenkeln; ihr Kleid aus Leinen hatte den Ton der Augen und war schulterfrei, wie aus Trotz gegen die eisige Nacht, die sich im Tal anbahnte. Was dachte er über das Menschliche und die Zeit, die Frage war nicht vergessen; er sah erneut auf ihr Haar, darin auch das natürliche Zinngrau, das sich manche Möchtegernschreiberin heute schon einfärben ließ, um damit geistreicher zu erscheinen. Die menschlichen Dinge, sagte er, sind es nicht ab einem gewissen Alter immer dieselben? Weil man weiß, wie und wo man sie erhält, wie die Zigaretten, an die man gewöhnt ist. Ohne Filter, Sie haben recht. Und Ihr Kreis, das sind Bewohner von hier, die über ihre Leseerlebnisse reden?

Es sind Bewohnerinnen, erwiderte die sommerlich Gekleidete und rieb sich jetzt die nackten Arme, was auf eine Entscheidung hindrängte, sie hereinzubitten oder zu verabschieden oder ihr unter Umständen die gefütterte Lederjacke anzubieten. Und man kann nicht sagen, dass alle nur lesen, fuhr sie etwas verhaltener fort. Das Lesen führt uns zusammen, ja. Aber die meisten in unserem Kreis, sie schreiben auch.

Reither sah wieder an sich herunter. In Socken dazustehen machte nicht den besten Eindruck, andererseits spielte es auch keine Rolle, was sie von ihm dachte. Er musste sie nur höflich loswerden. Lesekreis wäre dann also ein Tarnname?

Sagen wir: ein nicht vollständiger Name. Und das Schreiben geschieht ja im Stillen, was Ihnen nicht neu sein dürfte – der Verlag, den Sie hatten, ist aufgelöst? Ein Wort, das ihr schwer über die Lippen kam, aufgelöst, und statt sich weiter die Arme zu reiben, nahm sie ihr Gesicht in die Hände, sehr erwachsene, reife Hände, fand er, auch wenn Hände nicht reif sein können, nur in der Sprache können sie's. Ich hatte einen Hutladen in der Hauptstadt, sagte sie, ebenfalls aufgelöst. Es gab für meine Hüte immer weniger Gesichter. Besitzen Sie einen Hut?

Nur eine Wollmütze, erwiderte Reither. Gegen den Wind im Tal. Wussten Sie, dass der immer verbreitetere Wunsch, den eigenen Namen nicht bloß am Türschild, sondern auch auf einem Buchumschlag zu sehen, der Tod des guten Buches ist?

Die frühere Hutladenbesitzerin schloss die Augen. Und dennoch schreiben wir alle, sagte sie. Und was uns fehlt, ist einer, der sich eine Seite anhört und dann sagt, das könnte was werden. Oder wenigstens anerkennend den Kopf wiegt. Oder so still den Kopf schüttelt, dass man es aufgibt, ein für alle Mal.

Und bei diesem einen denken Sie an mich?

An wen sonst. Und Sie rauchen also filterlos.

Ja. Immer schon.

Würden Sie mich hereinbitten, würde ich eine mitrauchen. Obwohl ich aufgehört habe, seit ich hier wohne.

Dann sollten Sie es auch dabei belassen.

Ist das Ihr letztes Wort?

Was weiß ich, sagte Reither. Außerdem mag ich keine langen Dialoge. Ich mochte sie auch in Büchern nie. Sie zeugen meist nur von Erzählfaulheit.

Aber Sie und ich, wir sind hier nicht in einem Buch. Wir stehen an Ihrer Wohnungstür.

Nein, nur Sie. Ich stehe in der Wohnung. Außer Sie kommen herein. Und wir rauchen eine.

2

Auf einen Sprung herein, hätte er besser gesagt, auf ein Gläschen und die eine Zigarette – Reither schloss die Tür hinter sich und der Besucherin, die sie jetzt zweifellos war, er schob den Karton mit dem Wein beiseite. Nach Ihnen, sagte er beim Gang in den Flur, zwei überlegte Worte. Und als die frühere Hutladenbesitzerin schon das Wohnzimmer betrat, sah er sich noch im Garderobenspiegel: Das Hemd mit den Brusttaschen, das hatte er auch auf dem gerahmten Foto getragen, ein unverwüstliches Stück, und eigentlich war er auch noch der Mann auf dem Foto, fettlos, schlaksig, mit täuschend warmen Augen und fester Stirn und inzwischen schon trotzig dichtem Haar, lange in der Farbe von Harz, jetzt von Tabak und Asche, nach wie vor ungekämmt, nur zurückgeschaufelt, und immer selbst geschnitten. Und rasiert hatte er sich zum Glück noch am Mittag – nichts schlimmer als Männer mit grauem Gestoppel. Die Zigaretten müssen auf dem Tisch liegen, rief er, als sei er mit einer rauchenden Freundin nach Hause gekommen.

Und dann stand sie auch schon am Tisch in ihrem leichten Kleid und hielt sogar das Päckchen in der Hand, er nahm es ihr ab und schüttelte zwei Zigaretten zur Hälfte heraus. Sie bediente sich, und er gab ihr Feuer, ein Akt, den er vermisst hatte; er steckte sich die andere Zigarette an. Raucher waren Leute, die nicht gleich reden wollten, die sich erst sammelten und dabei ihre kleine Pantomime aufführten. Sie zum Beispiel, die Besucherin, machte einen ziemlich vorsichtigen Zug, ließ den Rauch aber aus der Nase strömen und nahm sich mit den Zähnen einen Tabakkrümel von der Unterlippe; sie machte noch einen Zug und sah sich die Bücher auf dem Tisch an, auch das befleckte. Dann erst sagte sie etwas, die Hand mit der Zigarette über dem Aschenbecher. Ihren Namen kenne ich ja, sagte sie, meiner ist noch einfacher. Palm. Leonie. Aber wären wir hier in dem Buch, von dem Sie geredet haben, würde ich von Leonie abraten. Es hat so etwas Sympathieheischendes, da muss man immer aufpassen. Besser wäre es, nur von der Palm zu reden. Etwa: Die Palm stand eines Abends an seiner Tür, und er schlug ihr vor, doch hereinzukommen und eine zu rauchen.

Reither holte das zweite Glas. Wir wollten über meine Rolle in Ihrem Kreis reden, sagte er, aber da hatte die Besucherin schon nach dem Buch gegriffen, auf dem er nichts hätte abstellen sollen. Ihr Daumen strich über die Flecken, ein Daumen, wie man ihn sich wünscht bei Frauen, schlank, aber nicht knochig, oval der Nagel, farblos lackiert. Sie legte das Bändchen wieder auf den Tisch, nur weiter weg von der Weinflasche. So besteht man hier den Sonntag, nicht wahr, man liest, man schläft, man liest erneut, man geht eine Stunde spazieren und liest später das Ende. Wo kaufen Sie Ihren Wein?

Dort, wo er wächst – Reither hielt das neue Glas gegen den Schein seiner Leselampe, von der er sich nicht hatte trennen können; ihr Licht war in all den Jahren auf Abertausende von Seiten gefallen, davon die wenigsten tauglich für ein Buch, das diese Lampe hätte überdauern können.

Das Glas war so weit sauber, und er füllte es; natürlich wäre es besser gewesen zu fragen, ob sie ein Glas Wein möchte, noch besser, ob er ihr etwas anbieten dürfe und was. Er stellte das Glas auf den Tisch und nahm seins herunter, und man hätte sich jetzt zuprosten können, was ja immer beruhigend wirkt, aber die Besucherin griff wieder zu dem Bändchen und schlug es vorn auf. Was denken Sie über einen Anfang wie den? Sie hielt das Buch etwas von sich weg und las die erste Seite vor, und Reither hatte Mühe zu folgen, er hörte auf ihre Stimme. Es ging da um eine junge Frau, die sich nachts bei Eiseskälte betrunken an einen Waldsee legt, wohl aus Liebeskummer, und erfriert. Dinge dieser Art waren immer wieder bei ihm gelandet, die meisten unerträglich. Nur hatte sich hier die Mutter der jungen Frau noch am Tag der Beerdigung nachts an dieselbe Stelle gelegt, um sich in die Tochter einzufühlen, die Variante kannte er noch nicht. Sie zog sich sogar aus, aber bald wieder an, damit sie nicht auch noch erfror, und ging durch den Wald Richtung Straße; genau zugehört hatte er erst beim letzten Satz – Sie bewegte sich, als könnte ihr Körper jeden Moment zerfallen.

Habe ich zu schnell gelesen?

Nein, keineswegs, sagte Reither. Er trank einen Schluck, und endlich nahm sie das Glas vom Tisch, nickte ihm zu und setzte es an die Lippen. Sie wollte also etwas von ihm hören über das titellose Buch, womöglich ein Test, ob er überhaupt geeignet wäre für ihren Kreis. Wie schmeckt Ihnen der Wein aus Apulien? Keine sehr geschickte Ablenkung, nur zog sie anerkennend die Brauen hoch, womit sich ein Gespräch über Wein anbahnte, und das ging ihm schon auf die Nerven, wenn er es irgendwo lesen musste. In Ihrem Kreis, gibt es da keine männlichen Teilnehmer? Reither ging zu dem Lesesessel mit Fußablagewürfel davor, dem Möbel, das zur Leselampe gehörte oder umgekehrt: ein Paar, das man nicht trennen durfte, auch wenn dieser Sessel viel Platz einnahm, dafür enorm bequem war, das Richtige für den weiblichen Gast. Nein, sagte die Besucherin, es gibt keine männlichen Teilnehmer.

Reither rückte den Sessel etwas zum Tisch und strich noch den Bezug glatt. Wie viele Abende hatte er in diesem Sessel verbracht, irgendein Erstlingswerk auf dem Schoß, bangend, wann die Geschichte im Sand verliefe oder haarsträubend würde, aber manchmal auch, nach gutem Anfang, voller Sorge, ob es auch so weitergehe. Und immer wieder das Erstaunen, wenn der Verfasser oder die Verfasserin schließlich im Verlag erschien und das Werk nicht zu einem Gesicht, einer Stimme, einem Auftreten passte, er sich beim Lesen ein Bild gemacht hatte, das zugleich ein Stück Blindheit war, die Blindheit des Verlegers für das Gewöhnliche am Autor, seine Hobbys, seine Freuden, aber auch die kleineren Nöte, eine hustende Katze, die defekte Heizung, das verlorene Fußballspiel. Dann nehmen Sie doch Platz, sagte er, und die Besucherin ließ sich, ihr Glas in der Hand, in dem Sessel nieder, sie schlug ein Bein über das andere und zog ihr Kleid über das obere Knie. Fünf Minuten, sagte sie, es ist ja schon spät. Oder wann gehen Sie zu Bett?

Zu Bett, ein Ausdruck, der ihn überraschte, man hörte ihn nicht mehr so oft, und geschrieben sah man ihn kaum noch, in neueren Büchern eigentlich gar nicht, als bräuchten die Verfasser keinen Schlaf oder besäßen keine Betten und ruhten allenfalls auf Isomatten, während die Gedanken in Spannung blieben, Worte und Sätze produzierten, so nervös wie die Musik in den Clubs, in denen solche Leute zu Hause waren. Zu Bett? Ich gehe spät zu Bett, sagte Reither, aber Bett heißt nicht Schlaf. Und Sie meinen also, Ihr Name sei nichts für ein Buch.

Leonie Palm – er hatte sich gleich bei ihm festgesetzt, dieser Name, wie ein schöner einfacher Anfangssatz – machte ihm Zeichen, ob er den Aschenbecher bringen könnte, und er kam damit an den Sessel, sie drückte die halbgerauchte Zigarette aus. Namen bekommt man verpasst, sagte sie. Meinen hätte ich mir lieber ausgesucht. Und ich mag den Wein aus Apulien. Leider war ich noch nie dort. Sie? Wie nebenbei kam das und war keine Frage, um eine Unterhaltung ausklingen zu lassen, eher um sie in Gang zu bringen, daraus ein Gespräch zu machen. Erst im letzten Sommer, sagte er. Zum letzten Mal.

Warum, war es nicht schön?

Doch, durchaus – Reither überlegte, wohin er sich setzen sollte, vielleicht auf den Fußwürfel oder besser auf einen der Esstischstühle, den man freilich erst an den Sessel heranrücken müsste, und die Frage war, in welche Nähe für die eingeräumten fünf Minuten, die eigentlich längst um waren. Nur geschieht ja alles Schöne irgendwann zum letzten Mal, sagte er. Und besser, man bestimmt diesen Zeitpunkt selbst.

Wie hieß das letzte Buch in Ihrem Verlag?

Er nahm die Zigaretten und das Feuerzeug vom Tisch, den Wein und sein Glas. Es hieß Bis auf weiteres unsterblich. Erzählungen. Aber immer dieselben zwei Hauptfiguren, in jeder Erzählung.

Ein Paar?

Nein, kein Paar. Nur Mann und Frau. Sie haben sich gesiezt. Ein Du taugt nur etwas, wenn es aus dem Sie hervorgeht. Hat Ihnen die Zigarette nicht geschmeckt? Reither sah in den Aschenbecher, auf die lange Kippe zwischen den kurzen, das Papier an einer Seite noch feucht von den Lippen. Ich muss mich erst wieder daran gewöhnen, sagte seine Besucherin, die Palm, immer noch die Beine übereinandergelegt, als seien fünf Minuten für sie nur eine Redewendung. Ich hatte nicht mit einer Zigarette gerechnet. Aber wenn nichts Unerwartetes mehr auf uns zukommt, dann sind wir tot. Auf mich kam heute zu, dass die Tür zum Kaminfoyer aufstand bei meinem Weg ins italienische Restaurant und ich bis zur Bücherecke sehen konnte – Sie nahmen dort gerade ein Buch zur Hand. Und auf Sie kam heute zu, dass ich jetzt hier sitze, nicht wahr?

Schon möglich, sagte Reither. Aber eine weitere Reise dürfte kaum auf mich zukommen, mein Auto ist verkauft. Möchten Sie einen Kaffee? Oder soll ich noch einen Wein aufmachen? Er steckte sich eine Zigarette an und holte die letzte Flasche von dem apulischen Roten, eigentlich gedacht für den Alltag, nicht für einen besonderen Anlass, aber nun gab es ihn, diesen Anlass, und es gab sogar ein Wort dafür, eins jener Worte, die langsam ein Schattendasein führten wie so viele andere auch: Damenbesuch. Er stellte die Flasche auf den Tisch und legte den Korkenzieher daneben. Damenbesuch hieß es, als er Lehrling im Buchhandel war, zuerst bei Cobet in Frankfurt, längst ein Juweliergeschäft, später bei Wetzstein in Freiburg, heute noch ein Geistesjuwel, eins der letzten, und wo immer er zur Untermiete gewohnt hatte, war Damenbesuch verboten. Er nahm den Aschenbecher vom Boden und setzte sich jetzt auf den Fußwürfel. Andererseits kann man ein Auto auch mieten, sagte er. Aber wohin soll man fahren, wenn man alles Schöne schon gesehen hat? Manchmal beneide ich unsere Eritreerin. Sie kommt selbst in diesem Tal hier aus dem Staunen kaum heraus.

Gefällt sie Ihnen?

Aster gefällt jedem.

Und die Bulgarin?

Die kommt bei den Frauen nicht so an. Weil sie spüren, dass sich die Männer vorstellen, mit ihr zu schlafen.

Stellen Sie sich das auch vor?

Nein. Sie redet zu viel. Alles, was ich über Aster weiß, weiß ich von ihr. Wie dramatisch die Flucht über das Meer war, als hätte sie mit in dem Boot gesessen in ihrem Glitzerzeug. Oder wäre auf Pumps mit durch die Wüste gelaufen und hätte zwischendurch die schrecklichsten Arbeiten gemacht, um den Schlepper zu bezahlen. Außerdem hat sie einen Frisösinnennamen.

Marina? Damit kann man leben. Sie hat heute die zweite Schicht, ich habe sie vorhin weggehen sehen, mit Stiefelchen und Pelzmütze. Und Ihre Mütze, was ist das für eine? Die frühere Hutladenbesitzerin legte ihre Hände auf das obere Knie, dadurch saß sie ein wenig vorgebeugt da, dazu noch den Kopf in leicht schräger Haltung – ein fast intimes Bild, Mann und Frau am späteren Abend, sie vielleicht mit Maniküre beschäftigt, er mit dem Sortieren alter Fotos, und ab und zu fällt ein friedliches Wort; Reither drückte die Zigarette aus. Er kam von dem Würfel hoch und ging erneut in den Flur und griff sich die Mütze aus gewöhnlicher schwarzer Wolle, stülpte sie über die Hand und ging zurück in den Wohnraum, dort war der Sessel jetzt leer. Die Palm stand am großen Fenster, sie sah ihn in der Scheibe und drehte sich um. Darf ich, sagte sie und nahm die Mütze an sich. Sie prüfte ihre Maschen, den Schnitt, die Elastik, sie hielt sie in die Höhe, um die Form zu sehen, sie sagte Naja und legte die Mütze neben das Buch mit dem befleckten Einband. Möchten Sie, dass ich gehe?

Wir könnten noch eine rauchen.

Nur, wenn Sie das Fenster öffnen.

Und Reither öffnete das Fenster, obwohl ihm Rauch lieber war als kalte Luft; er holte die Zigaretten und den Aschenbecher und sah, dass er noch immer in Socken umherlief, er zog sie aus und steckte sie in die Hosentasche. Jetzt waren sie beide barfuß, sie nur in ihren Libellenschühchen, etwas im Vorteil. Gab es auch solche Mützen in Ihrem Sortiment? Er schüttelte zwei Zigaretten aus dem Päckchen, und sie bediente sich, er gab ihr Feuer, eine Hand um die Flamme, weil es von draußen hereinzog, und die Palm tat schützend eine Hand dazu. Nein, sagte sie, keine aus Wolle. Nur Mützen aus Seide, aus Kaschmir, aus Kalbsleder. Hatten Sie nie einen Hut?

Einmal einen Panama, das Geschenk einer Frau.

Und gibt es diese Frau noch?

Ja, ich weiß nur nicht, wo.

Und den Hut?

Der Hut war ein Geschenk vor unserem Ende. Danach untragbar. Er kam dann in die Kleidersammlung, sicher der einzige Panamahut, der dort je gelandet ist. Wird Ihnen nicht kalt in diesem Kleid? Reither steckte sich die eigene Zigarette an, er stand jetzt mit am Fenster. Der Blick ging auf einen flachen Hang mit altem Schnee, seitlich ein Stück vom Parkplatz der Anlage, vier, fünf Autos, davon eines mit weißer Haube. Diese Mütze, sagte er, war ein Geschenk von derselben Frau, ganz am Anfang, das war im Winter. Und als sie mir den Hut geschenkt hat, war es Sommer, unser letzter. Sie ging einfach.

Warum? Fast mit dem Einziehen des Rauchs kam diese Frage, knapp und leise, und Reither sah auf seine nackten Füße, die ja etwas vom Sommer hatten, obwohl eisige Luft durch das Fenster hereinkam. Warum – muss ich das beantworten? Ich denke nicht gern zurück.

Aber kommt es nicht in den meisten besseren Büchern vor, dass jemand zurückdenkt?

Ja, aber wie Sie selbst festgestellt haben: Wir sind hier in keinem Buch. Könnten wir das Fenster wieder schließen? Er warf die Zigarette in den Schnee und wollte eine Hand auf den Fenstergriff legen, aber da lag schon ihre Hand, er konnte seine kaum noch wegziehen, und wie unter dem Druck dieser Nähe sagte er, Sie hieß Christine. Und in dem Sommer – er wollte innehalten, aber war schon etwas zu weit gegangen in dem Satz –, da war sie schwanger, nicht ganz im dritten Monat.

Und trennt man sich deshalb?

Nein, aber wir hatten an dem Abend beschlossen, das Kind nicht zu wollen. Es passte weder in ihr noch in mein Leben.

So etwas kann man einfach beschließen?

Ja. Mit zwei zu null Stimmen, das Kind konnte ja nicht mitentscheiden. Und deshalb ging Christine, Hals über Kopf. Sie fand es ungeheuerlich, dass wir beide das werdende Leben in ihrem Bauch einfach überstimmt haben. Sie fand sogar sich als Frau an meiner Seite ungeheuerlich und hat dieser Person den Rücken gekehrt. Haben wir jetzt genug darüber geredet?

Seine Besucherin nahm eine Hand an die Wange, als sei vor dem Fenster ein Unfall passiert; sie trug keinen Schmuck, weder Ringe noch Halskette noch Armreif, dafür gab es auf ihren Handrücken kleine Flecken wie ein ersonnenes Muster. Und sie war fast ungeschminkt, das fiel ihm auch auf, allenfalls mit leichtem Lidschatten. Gut, reden wir von etwas anderem, sagte sie und schloss das Fenster. Ich kenne das Buch, das Sie mitgenommen haben. Eine Mutter schreibt über ihre Tochter, die schon als Kind verloren war, nicht erst als Erwachsene, die sich in einer Winternacht betrunken an einen See legt, um zu vergessen, nicht um zu erfrieren, aber das war dann ein und dasselbe. Und die Mutter erzählt davon, um sich zu trösten, nehme ich an. Es gibt keinen Vater in der Geschichte, er hat sich früh davongemacht, die Tochter ist schon mit sechzehn nächtelang weg, raucht und trinkt. Und die Mutter fragt immer nur Wo warst du?, oder wenn sie die Tochter am Telefon hat Wo bist du? Anstatt auch nur einmal zu fragen Wer bist du? Dann wird die Tochter älter, arbeitet bei einem Anwalt, und die Mutter sucht immer noch. Bis sie die Tochter im Stillen bittet, zu bleiben, wo sie ist. Und viel zu spät erfährt, was sie war, wer sie war. Fünf Jahre lang die Geliebte des Anwalts, bis der in seine langweilige Ehe zurückkehrte.

Reither drückte den Fenstergriff noch etwas mehr zu. Solche Geschichten gingen bei mir mit drei Zeilen zurück – Passt leider nicht ins Programm, aber versuchen

Sie es auch woanders, mit freundlichem Gruß. Möchten Sie jetzt einen Kaffee?

Unbedingt, sagte die Palm, und er lief in seine Küche und wusch eine Espressokanne, in der noch Reste vom Nachmittag waren, er wusch auch eine Tasse, die hier noch keiner gebraucht hatte. Als er das Wasser abdrehte, hörte man Glockenläuten. Von der kleinen Kirche am Rietberg-Friedhof hinter dem flachen Hang, einem ziemlich vollkommenen Ort, wenn man schon sterben musste und irgendwo verbleiben, schlug es in verlorenen Tönen elf. Kann ich irgendwie helfen? Leonie Palm – wie der Auftakt zu etwas, ein Paukenschlag, alles andere als verlorenes Läuten, war dieser Name jetzt da – nahm sich das Küchenhandtuch, und er gab ihr die Tasse, die konnte sie abtrocknen, bitte sehr; er füllte unterdessen die Kanne mit Wasser und den Einsatz mit Kaffee, schraubte die zwei Teile zusammen und stellte das Ganze auf den Herd; wenn man nicht weiterwusste, war es immer am besten, etwas mit den Händen zu tun. Dieses Buch, sagte er, mir kam da leider ein Tropfen Wein auf den Umschlag, und der Fleck lässt sich nicht wegwischen auf dem aufgerauten Papier. Ein folienkaschierter Umschlag, und man würde jetzt nichts mehr sehen.

Der Autorin dürfte es egal sein, die Geschichte klingt nicht, als würde sie ein Fleck auf ihrem Buch stören. Trinken Sie immer nachts Kaffee? Seine Küchenhelferin suchte einen Platz für die abgetrocknete Tasse, sie sah das gerahmte, immer noch herumliegende Foto, das hätte er wegräumen sollen. Wie alt waren Sie da? Sie tippte an das Bild, an seinen Kopf, und er rechnete kurz, obwohl er es wusste, dreiundvierzig. So Anfang vierzig, sagte er, und diese Beine, die ins Bild ragen, gehören der Frau, die kurz darauf verschwand. Ich rauche, wie Sie sehen, da hat sich nichts geändert. Möchten Sie Kekse zum Kaffee? Reither holte eine Tüte aus der Brottrommel, darin Kekse, die ihm die Kressnitz beim Abschied am Frankfurter Hauptbahnhof noch zugesteckt hatte. Er gab einige davon auf einen Teller und ließ die Besucherin daran riechen; Haare fielen ihr in die Stirn, die hätte er gern zurückgestrichen. Sie nahm einen Keks, brach ihn entzwei und hielt ihm eine Hälfte hin, er griff danach und steckte sie in den Mund, sie aß die andere Hälfte und sah ihn beim Kauen an. Oder er, Reither, sah sie, die Palm an, die ihm beim Kauen zusah – ab einer gewissen Nähe weiß man nicht mehr recht, wer wen eigentlich ansieht, als würden die Blicke ineinanderlaufen wie Farben auf einem Aquarell. Und es wunderte ihn auch nicht, als sie fast gleichzeitig etwas sagten, noch mit Krümeln im Mund, sie sagte, Jetzt stehen wir hier, was, und er sagte, eine Hand im Haar, Was so passieren kann an einem Sonntagabend, und die zwei Was überlappten sich; es wunderte ihn nur, dass trotz allem noch die Zeit verging – das Glöckchen am Rietberg schlug halb zwölf, zwei Töne wie abgebrochen, und die Besucherin nahm ihm den Teller aus der Hand und brachte ihn zum Tisch, also hätte er sich um den Kaffee zu kümmern. Reither trat an den Herd – das hier war kein Damenbesuch, das war etwas ganz anderes, ihm fehlte das Wort dafür, und vielleicht gab es auch keins. Die Palm kam zurück in die Küche, mit den Zigaretten, dem Feuerzeug, dem Aschenbecher. Der sollte geleert werden, sagte sie, und er zeigte ihr die Abfalltüte, sie tat die Kippen hinein; und noch über den Abfall gebeugt, fragte sie, ob sie auch eine sehr persönliche Frage stellen dürfe, und er summte nur bejahend, zumal sie bisher kaum andere Fragen gestellt hatte, sie drehte sich um. Das Kind, das mit null zu zwei den Kürzeren gezogen hat, was wäre das für ein Kind geworden?

Reither hob den Deckel der Espressokanne, der Kaffee trat schon in Blasen aus dem Dochtende; es war eine Frage von der christineschen Sorte, was er ohne Bücher aus seinem Leben gemacht hätte, ja was überhaupt alles hätte anders laufen können, mit ihm, mit ihr – sie war Schauspielerin, Ulm zuletzt, trank nur Kaffee und schlief kaum, rauchte und stellte Sinnfragen, aber wurde mit fast vierzig schwanger. Ein Mädchen, sagte er, und die Palm nahm sich eine Zigarette und steckte sie selbst an. Und auf diesem Foto sehen Sie aus, als hätten Sie einen Jungen verloren. Und bastelten an seiner Stelle. Hatten Sie auch Kinderbücher im Programm? Sie streifte die Asche ab, obwohl es noch kaum Asche gab, und Reither nahm die Kanne vom Herd. Nein, sagte er. Und in der kleinen Buchhandlung, die zu meinem Verlag gehört hat, gab es auch keine Kinderbücher. Es gab auch keine Ratgeber, keine Reiseführer und keine Kochbücher. Und schon gar keine Kriminalromane. Wie es in Ihrem Hutladen ja auch keine Wollmützen gab.

Seine Besucherin nahm die Espressokanne und einen Untersetzer und ging zum Tisch. Bei dem Konzept kann keine Buchhandlung überleben. Mit meinem Hutladen bin ich wenigstens an der Zeit gescheitert. Die Leute haben gespürt, dass ihre Gesichter zu leer waren für Hüte. Nur die Chinesen sehen es anders. Ich konnte den ganzen Bestand an einen Chinesen verkaufen, das reichte für ein altes Auto. Dann wurde noch meine Wohnung verkauft, das reichte, um hierherzuziehen. Das Auto kann man sogar von Ihrem Fenster aus sehen, ein kleines Cabrio, BMW, der dreier. Dunkelblau, beige Sitze, schwarzes Verdeck. Und eigentlich auch fahrbereit.

Obwohl es so lang in der Kälte stand? Reither brachte zwei kleine Tassen und entsprechende Unterteller zum Tisch, seinen ganzen Kaffeegeschirrbestand, er spürte plötzlich sein Herz, wie beim letzten Kinobesuch, noch in der Stadt, als am Ende des Films, im Abspann, ganz unerwartet Christines Name unter denen der Synchronsprecher aufgetaucht war. Nehmen Sie Zucker? Er hatte gar keinen Zucker, aber Leonie Palm winkte auch gleich ab. Der Hausmeister hat es einmal gefahren, sagte sie, es müsste nur der Schnee herunter. Die Kupplung ist allerdings nicht mehr die beste. Dafür hat das Radio noch einen Kassettenschlitz, und ich kann meine Uraltkassetten hören. Das Verdeck funktioniert auch noch, sogar automatisch. Sind Sie schon einmal offen gefahren?

Nein, sagte Reither. Und Sie haben den Sommer heute vorgezogen, etwa für mich? Er füllte die Tassen, und die Besucherin mit Cabrio nahm sich einen der zwei Stühle, auf den Wangen einen Anflug von Röte. Sie hob ihre Tasse an den Mund, aber trank noch nicht, sie fuhr nur mit dem Porzellanrand an den Lippen entlang. Nein, für mich. Ich mag das Kleid, und ich mag diese Schuhe. Und Sie schienen mir einer zu sein, der die Heizung aufdreht. Kennen Sie sich etwas aus mit Autos?

Reither trat an das wieder geschlossene Fenster, er sah zu dem Stück Parkplatz – der Wagen mit Schneehaube, der gehörte ihr. Ich kann Zündkerzen austauschen, Reifen wechseln, warum? Er ging wieder zum Tisch und nahm sich den anderen Stuhl. Warum? Die Wagenbesitzerin setzte die Tasse ab. Ach, ich dachte, man könnte eine kleine Probefahrt machen.

Eine Probefahrt – Reither füllte ihre Tasse auf –, die macht man, wenn man ein Auto kaufen will, aber ich brauche keins. Man könnte aber einen Ausflug damit machen, morgen zum Achensee. Und wenn man etwas verrückt wäre, auch sofort.

Vielleicht reicht es schon, nur ganz wenig verrückt zu sein, weil wir gleich morgen haben, hören Sie's? Die Palm legte einen Finger hinters Ohr, und da hörte auch er es, als wär's ein Finger hinter seinem Ohr – von dem Kirchlein am Rietberg kamen die letzten von zwölf kurzen Glockenschlägen. Noch war Sonntag, gleich war Montag, auch wenn der Tag nur kalendarisch anbrach. Aber er brach an. Reither nippte am Kaffee. Und dann gab er sich dem kleinen kalendarischen Schwindel hin, dass morgen schon jetzt war und man eigentlich gar nicht verrückt sein müsste, um ein Auto zu besteigen und einen Ausflug zu machen. Aber die Kupplung funktioniert doch?

Man muss sie nur durchtreten. Rauchen wir vorher noch eine? Sie hielt die Hand auf, und er legte eine Zigarette hinein, sie steckte sie zwischen die Lippen, er gab ihr Feuer, sie hielt die Hand schützend um die Flamme, obwohl das Fenster nicht auf war, und er die Hand schützend um ihre, obwohl die Zigarette schon brannte – das alte, stille Vorgehen. Dann steckte er sich auch eine an und sah zu der Frau, die mit ihm in der Dunkelheit eine Autofahrt machen wollte. Na, denn, sagte er.

3

Die Nacht ist vorgedrungen, der Tag ist nicht mehr fern, diese schöne Liedzeile, kalendarisch einwandfrei, ging Reither durch den Kopf; vor fast einem Menschenleben hatte er im Kirchenchor gesungen, bis er aus der Kirche austrat, ein anderer wurde, einer, der sich gegen Amerikas Bomben auf Vietnam erhob, und später der, der die zündenden Schriften dazu verkaufte, Raubdrucke ausnahmslos, und am Ende der, der für alle Enttäuschten und doch weiterhin Hoffenden die Geschichten ihrer Jahre aus einem Meer von Sprache fischte, das wenige Gute für viele, die danach verlangten, bis es zuletzt nur noch das viele Halbgute für ein paar wenige war. Er war aufgestanden und rauchte am Fenster. Der neue Tag war angebrochen, so unvorbereitet, wie einen oft auch die eigenen Worte treffen. Na, denn.

Leonie Palm trat neben ihn, die Zigarette in der Hand, einer Hand, die jünger als seine war, nur wie viel jünger, fünf Jahre, sechs Jahre? Natürlich könnte er indiskret sein, nehmen Sie's mir nicht übel, was sind Sie für ein Jahrgang – die eher amtliche Formulierung. Woran denken Sie gerade? Leise von der Seite kam das, vier Worte wie eine Vorhut. Reither holte den Aschenbecher – wer hatte ihn das zuletzt gefragt, sicher eine mit schwachen Nerven, während er noch in ihren Seiten blätterte. Die Kressnitz hatte nie diese Frage gestellt, sie hatte ihn höchstens so angesehen, seine rechte und auch linke Hand im Verlag, am Anfang kaum mehr als eine Bürokraft, aber mit Respekt vor Büchern, jedes einzelne hatte sie mit Sorgfalt behandelt, und das Lesen kam langsam dazu. Ich dachte gerade, was einem so passieren kann. Dass wir zwei hier so stehen.

Eine falsche Antwort, und am Nachmittag – gestern – war er noch im Reinen mit sich spazieren gegangen, auf einem schneefreien Weg, und Kinder hatten ihm zugewinkt von weitem; der Alleinstehende sticht ja immer ins Auge, wie ein einzelner Baum auf dem Feld. Eine Begegnung auf dem Spaziergang hätte er schon als Zumutung empfunden, wie gerade die Frage nach seinen Gedanken. Er trank die Tasse aus und brachte sie in die Einpersonenküche. Warum er eigentlich allein lebe, hatte ihn die Kressnitz einmal gefragt, und er hatte nur Darum gesagt, statt ihr zu sagen, dass er so ganz allein gar nicht war, immer wieder jemanden für halbe Nächte hatte, weil er auch immer wieder, als wäre er ein Idiot der Liebe, glaubte, je größer das eigene Verlangen sei, desto größer sei auch das Recht auf Erlösung, war es aber nicht. Was ist mit Ihnen? Die Palm brachte das restliche Geschirr, sie beugte sich an ihm vorbei zur Spüle, er konnte ihr Haar riechen oder glaubte, es riechen zu können, selbst in solchen Kleinigkeiten blieb man schwach. Mit mir ist nichts, erklärte er, was ist mit dem Autoschlüssel, den müssten Sie holen und könnten sich gleich umziehen, Ihre Sachen sind wohl kaum das Richtige für unseren Ausflug.

Ausflug, das sagte er jetzt schon zum zweiten Mal, ein Wort, mit dem man leben konnte, schließlich verrennt man sich nicht in einen Ausflug. Reither löschte die Zigarette in der Spüle, während Leonie Palm ihre Tasse wusch, und einen Herzschlag lang sah er sie an, das hieß, sie sahen sich an – den hatte er vor sich, den Satz: Sie sahen sich an –, eine Augenblickssache, wie sie der Film oft in die Länge zieht, dann war ihr Blick wieder bei den eigenen Händen, und er drehte sich um und ging zum Schrank, nicht sicher, ob er selbst das Richtige anhätte für die nächtliche Fahrt. Sein einzig vorzeigbarer Pullover war grau und nicht sehr warm, aber er nahm ihn heraus, außerdem die Stange Zigaretten mit noch sechs Päckchen, etwas zu viel für einen Ausflug, aber wer weiß, womöglich blieb das Auto liegen, wenn die Kupplung schon Probleme machte, und besser, man hatte dann Geld dabei, das war in seiner Lederjacke, in der waren auch die lebenswichtigen Kärtchen. Er zog den Pullover an und nahm die Jacke über den Arm, so ging er zurück ins Wohnzimmer, um noch eine Flasche Wasser mitzunehmen und die übrigen Kekse und das befleckte Buch, weil bei Fahrten nie ein Buch fehlen sollte, und vor dem Esstisch prallte er fast auf die Person, die er kaum kannte, allerdings hatte sie die Flasche und die Kekse mit Folie darum schon bei sich. Proviant, sagte sie. Und den Autoschlüssel sollten wir zusammen holen, wenn wir uns jetzt trennen, könnte jeder noch zur Vernunft kommen. Wollen Sie diese Jacke mitnehmen?

Ja, daran dachte ich. Sie ist gefüttert und hat viele Taschen, und es gab sie schon, als es noch kein Internet gab, solche Jacken werden heute gar nicht mehr hergestellt, weil sie zu lange halten – Reither hob die Jacke vom Arm, um sie im Ganzen zu zeigen, und Leonie Palm legte ab, was sie in der Hand hielt. Sie nahm die Jacke und schlüpfte hinein, stellte den Kragen auf, dass ihr Haar darüberfiel, und schob die Fäuste in die Seitentaschen, das alles in einem Atemzug, so kam es ihm vor, dem Atemzug, mit dem der neue Tag seinen Lauf nahm. Mannomann, sagte er, eins der Wörter, die er jeder und jedem gestrichen hätte, nur gesagt war gesagt, auch wenn es in lachendes Verlegenheitsatmen überging, aber da hatte sich die Palm schon gedreht, als sollte er auch den Sitz der Jacke von hinten sehen, und kam aus der Drehung heraus auf ihn zu, das Haar wippend auf dem Kragen. Haben wir alles, Reither, Zigaretten, das Wasser, die Kekse, Geld? Fast schon eheliche Fragen, ein Stück Alltag, und er holte noch einen Beutel für die losen Dinge samt dem Buch – ja, sie hatten alles. Blieb noch, die Lichter zu löschen und die Wohnungstür abzuschließen.

Hatte sie ihn gerade Reither genannt? Einfach beim Namen, wie einen, mit dem man ein Ding drehen will, so etwas klang in ihm nach, nur verhörte man sich auch, wenn die Gedanken woanders waren, und seine waren schon beim Achensee. Die Palm lief etwas voraus, einen Schritt nur, in der Hand den Beutel, den hatte sie an sich genommen, aber der Schritt genügte für das Gefühl, ihr zu folgen, in einen anderen Flügel der Apartments, sechzig angeblich in unterschiedlicher Größe, seines zählte zu den kleinen. Er sah ihre Waden in gestreckter Flaschenform, er sah den pendelnden Beutel mit dem Buch darin und stellte sich einen neuen Umschlag vor, auch nur Schrift und wenig Farbe, elfenbeinfarben etwa, dunkel umrahmt, und auf der Grundfarbe lichte Ornamente, die sich wellenartig verfolgen und kreuzen, darauf, im Ton des Rahmens, ein noch zu findender Titel, wie der Name einer vergessenen Heimsuchung.

Der Gang zu dem anderen Flügel öffnete sich zu einem Foyer mit Pflanzen und einer Spielecke für die kleinsten Bewohner, und Leonie Palm ging an Wippe und Indianerzelt vorbei und auf der Rückseite des Foyers gleich auf die erste Tür zu, einen Schlüssel in der Hand, zögerte aber beim Aufsperren. Wir könnten uns jetzt gute Nacht wünschen. Oder weitermachen und nicht fragen, warum – warum tun wir schon etwas, warum habe ich geklingelt bei Ihnen, warum haben Sie mich hereingelassen, warum wollten Sie das Kind nicht? Sie schloss die Tür auf und trat in die Wohnung, Reither sah ihr noch hinterher, seiner Jacke mit ihrem Haar über dem Kragen, dann warf er einen Blick in das Indianerzelt. Legosteine lagen dort auf dem Boden, dazwischen ein Sweatshirt mit dem König der Löwen auf der Brust, offenbar vergessen. Er ging auf die Knie und fügte ein paar der Steine zusammen, das Fundament zu einem Turm; er beugte sich über das kleine Sweatshirt. Es roch nach Bett, nach Banane, nach Haar. Nach Leben, aber das hätte er in kein Buch aufgenommen; die großen Worte, sie schrieben sich so schrecklich leicht hin, Legowörter. Seine Kindertürme waren noch aus Bierdeckeln, statische Wunder. Hinter ihm fiel eine Tür ins Schloss, er kam auf die Beine und drehte sich um. Leonie Palm, eine große Tasche um die Schulter, war fahrbereit. Unter seiner Jacke trug sie immer noch das Kleid für den Sommer, sie trug auch immer noch die Libellenschuhe, dafür wurde sie jetzt von Leggins gewärmt; aber eigentlich hatte er nur Augen für eine große Sonnenbrille in ihrem Haar, als wollte man sonst wohin, und einen Besen in ihrer Hand. Der Schnee muss vom Auto, sagte sie. Und wenn der Motor erst einmal läuft, kommen wir auch zum Achensee hinauf. Da würden wir dann den Sonnenaufgang abwarten, oder was denken Sie?

Was dachte er – er dachte nur, sinngemäß, dass es auch unstatische Wunder gab, Höhenflüge. Ja, warum nicht den Sonnenaufgang, sagte er. Allerdings sind wir schon in einer Stunde oben am See, und die Sonne geht erst um sieben auf, man müsste also im Auto frieren oder weiterfahren. Auch eine gute Idee hat ihre Konsequenzen. Darf ich Ihnen den Besen abnehmen? Er ließ sich den Besen geben, ein solides Stück, und anders als vorher ging jetzt er einen Schritt voraus, zu einer Treppe hinunter in die Lobby der Wohnanlage. Nur dort war die Eingangstür die ganze Nacht auf, weil auch die ganze Nacht der Empfang besetzt war. Seine Besucherin – ein Ausdruck, der gar nicht mehr zutraf, seine Begleiterin müsste es eher heißen – blieb am Treppenabsatz stehen. Sie denken, ich hätte bloß die Idee zu einer solchen Fahrt ohne weitere Überlegungen? Bitte – dann fegen Sie nur den Schnee vom Auto, und ich fahre allein und werde die Sonne ohne Sie aufgehen sehen.

Wir fahren zusammen, sagte Reither. Aber was wollen wir dann – ein Stocken im Satz, als hätte er eine Hand auf dem Mund, und er lief die Treppe hinunter, als könnte das die Worte wieder anrucken; wann hatte er sich schon einmal im Dickicht der Sprache verloren, einen Satz nicht zu Ende gebracht, und jetzt war es passiert, in Büchern wären das drei Pünktchen, die Pünktchen, gegen die er sich immer gesträubt hatte. Er hob den Besen, ein Wink zum Empfang hin. Dort hatte die Kinderbibelschönheit Besuch von der blonden Kollegin, wohl gerade vom freien Abend zurück. Aster stand an der länglichen Theke, sie hörte sich an, was Marina von ihrem Abend erzählte. Er ging auf beide zu und fragte, ob es oben im Tal geschneit habe, sie wollten noch wohin und müssten nur erst das Auto freischaufeln. Die Bulgarin zeigte auf ihre Wildlederstiefel in einem vornehmen Grün, Nein, kein Schnee, aber Frost, ob da ein Auto gleich anspringt, das eine Weile gestanden hat?

Wenn es ein Problem gibt, kann man ja anschieben – die Eritreerin nahm eine Kapuzenjacke von ihrem Stuhl. Nicht das erste Auto, das ich anschiebe, sagte sie und öffnete dem Aufbruch damit Tür und Tor; auch die Bulgarin bot jetzt ihre Hilfe an. Sehr freundlich, sagte Reither, und schon setzte sich die kleine Prozession in Bewegung. Leonie Palm machte den Anfang, ihr folgten die zwei Empfangsfeen – kein ganz lupenreines Wort, und doch traf es ein Gefühl für sie –, und er, den Besen in der Hand, ging zuletzt ins Freie, vorbei an einer Uhr mit Thermometer und Datumsanzeige. Es war die Nacht zum zwanzigsten April, bei null Grad, kein Wunder, weil der Himmel jetzt sternklar war. Den Kopf noch im Nacken, folgte Reither den anderen, und die Bulgarin ließ sich zurückfallen, bis sie neben ihm ging, sie machte eine Geste hin zu der Kapuze ihrer Kollegin. Aster hat schon nachts in der Wüste den Pick-up wieder zum Fahren gebracht, sagte sie. Die saßen oft tagelang fest, und die Batterie wurde zu schwach, dann mussten alle anschieben. Bis es eine Düne hinunterging.

Das hat sie Ihnen erzählt? Reither trug den Besen jetzt

wie ein Gewehr, er ging etwas schneller, aber die Bulgarin blieb an ihm dran. Ja, so war es in der Wüste. Und immer nachts unterwegs wegen der Banditen. Drei Monate allein durch den Sudan. Und Sie fahren länger weg? Eine Frage, als der Parkplatz erreicht war, und er sagte, Nur bis es hell wird, und Sie glauben, so eine Flucht kann sich einer vorstellen, der nicht selbst dabei war? Er nahm den Besen wieder zur Hand, als die Palm auf das einzige Auto mit Schneehaube zuging, Mein Cabrio, wie gefällt es Ihnen? Sie konnte die Antwort gar nicht abwarten und eilte zu dem Auto, Reither folgte ihr, das schnelle Gehen machte ihn noch wacher, als er schon war, er fing gleich damit an, den Schnee vom Verdeck zu fegen. Hauptsache, es fährt, sagte er. Die Eritreerin kam hinzu, sie half auf der Stelle mit, da genügten die Hände, und auch dabei hatte sie noch etwas Biblisches, man wagte kaum, sie anzusehen; er sah zu der Bulgarin, die nur so tat, als würde sie helfen, mit der Stiefelspitze die Stoßstange freimachte und sich dabei eine Zigarette ansteckte. Dafür ging sie jetzt in die Details der Flucht durch die Wüste, während Aster selbst kein Wort sagte, stattdessen die Frontscheibe freikratzte. Reither trat zu ihr, Hören Sie, da erzählt jemand Ihre Geschichte, das geht nicht.

Die Eritreerin lächelte müde, das erste müde Lächeln, das er hier erlebte, als wollte sie sagen, wie kann so ein bisschen Geschwätz schlimmer sein als meine Flucht. Dann machte sie ihrer blonden Kollegin ein Zeichen, es nicht zu übertreiben, und Marina fuhr mit der Geschichte fort. Stellen Sie sich das vor, dreißig Menschen hinten auf einem Pick-up fahren durch eine Mondlandschaft, sagte sie, und Reither hatte ein Stichwort, ihr über den Mund zu fahren: ob sie schon einmal auf dem Mond gewesen sei. Er fegte jetzt den Schnee vom Kofferraumdeckel, während die Wagenbesitzerin die Tür öffnen wollte, nur ließ sich der Schlüssel nicht drehen, und schon kam die Bulgarin mit ihrem Feuerzeug. Auf dem Mond – nein. Aber man denkt bei leeren Landschaften an den Mond. Es war die Steinwüste zwischen Kassala und Khartoum, zweihundert Dollar pro Kopf für diese Strecke. Aber es ist der kürzeste Weg in den Sudan, und von dort weiter durch Libyen bis zum Meer und dann nach Lampedusa, das war das Ziel. Und Sie wollen wohin?

Nur zum Achensee, ein Stückchen nach Süden, sagte Reither; er trat an die Fahrertür, der Schlüssel ließ sich endlich drehen, er zog am Türgriff, und mit einem Knacken vom brechenden Eis an den Scharnieren ging die Tür auf, und er setzte sich hinter das Steuer. Die Bulgarin beugte sich zu ihm, Bei Aster ging es immer nach Norden, das Einfachste an ihrer Flucht. In Khartoum, das ist die Hauptstadt vom Sudan, musste sie monatelang in einem Haushalt für die Weiterfahrt arbeiten, auch nachts, wenn der fette Hausherr sie wollte, und später ging es auf Lastwagen bis zur libyschen Küste. Dreihundert Dollar.

Und das haben Sie ihr alles aus der Nase gezogen? Reither steckte den Autoschlüssel ins Zündschloss, dann sollten Sie es für sich behalten! Er drehte den Schlüssel herum, und es gab ein Klicken, wie einen letzten Herzschlag irgendwo im Inneren des Wagens, er wollte wieder aussteigen, aber da stieg Leonie Palm schon ein. Wir versuchen es, Reither. Unsere Aster hat auch nicht gleich aufgegeben bei ihrer Flucht, oder war da je ein Gedanke an Aufgeben? Sie sah an ihm vorbei, aus der noch offenen Fahrertür, und die Bulgarin ließ die Zigarette in den Schnee fallen. Nein, nie. Obwohl sie in Libyen verschleppt werden und noch einmal arbeiten müssen, um freizukommen, und am Ende kostet der Platz in einem Kahn nach Lampedusa fünfhundert Dollar. Aber dann geht mitten auf dem Meer der Motor kaputt, und der übervolle Kahn treibt bis vor Sizilien. Und als sie schon die Küste sehen, ohne zu wissen, dass es Sizilien ist, die Bucht von Catania, da bringt eine junge Frau ein Kind zur Welt. Ist das nicht ein schöner Schluss?

Reither beugte sich zur Palm, Wie gesagt, sie redet zu viel. Und die Batterie ist zu schwach, was nun? Er streckte hilfesuchend einen Arm aus dem Wagen, und da erschien die Heldin der Geschichte, die Kapuze zurückgestreift, als sollte wenigstens ihr Gesicht sprechen, wenn sie schon selbst nichts sagte, nichts zur Flucht von Eritrea bis an die Weissach, dafür aber zu praktischen Dingen, wie man in eisiger Nacht ein Auto mit leerer Batterie zum Fahren bekäme. Sind Sie so weit, können wir schieben? Dann machen Sie Folgendes: Zündung an und Handbremse lösen, zweiten Gang einlegen, die Kupplung ganz durchdrücken und erst kommen lassen, wenn ich Jetzt rufe.

Und so geschah es, so taten es Reithers kalte Hände und Füße, während sich die zwei jungen Frauen in die Stellung von Anschiebern eines Bobs brachten, das sah er noch im Außenspiegel; dann kam schon Bewegung in den Wagen, Meter für Meter mehr, knirschend unter den Reifen, bis ein abschüssiger Weg zur Straße erreicht war, die Gravitation das Ihre tat, und das vereinbarte Jetzt ertönte. Er ließ die Kupplung kommen, ein langer Moment der Stille, fast mythischer Ergebenheit, und auf einmal etwas wie ein Hexengehuste im Märchenhörbuch, so klang es für ihn, dabei war es das Anspringen des Motors, und schon fuhr der Wagen eigenständig, wenn auch ruckend, weil noch nichts rundlief in den Zylindern. Erst auf der Straße zum Talende, Richtung Süden, hörte das Rucken auf – Licht, sagte seine Beifahrerin, Sie müssen Licht anmachen, Reither!

Der Schalter war links vom Lenker, und die Heizung machte er auch gleich an, ein Drehknopf unter dem Radio mit Kassettenschlitz, dann ging es schon in den dritten Gang, den Bergen entgegen, den Sternen darüber. Und die Evidenz der Welt, einer Welt mit Abermillionen von Fluchtgeschichten, sie verlor sich im Gehäuse eines Autos, als die Palm noch eine Faust an seine Schulter drückte und He, wir verreisen rief.

4

Am Tag und bei Sonne war das Weissachtal wie geschaffen, um nach Jahrzehnten in der Stadt die Augen noch einmal leuchten zu lassen – zu beiden Seiten der Straße Wiesen und Wald, darin eingebettet die Weissach, rauschend über hellem Gestein, und der Anstieg zum Pass erst auf dem letzten Talstück in gestreckten Kurven; nachts aber ging es wie dem Ende der bewohnten Welt entgegen, es gab nur die Wagenlichter und ringsherum keine. Reither fuhr noch vorgebeugt, spähend durch ein freigewischtes Feld in der beschlagenen Scheibe, als aber Lüftung und Heizung auf Touren kamen, weit zurückgelehnt und mit gestreckten Armen wie auf all seinen früheren Fahrten. Bis zum Achensee hinter der Passhöhe brauchte man sogar weniger als eine Stunde, wenn er sich richtig erinnerte, also wäre es das Verkehrteste, den Sonnenaufgang dort abzuwarten, zumal die Sonne erst über die Bergrücken steigen musste. Außerdem war es ein trostloser See, eingezwängt von Fels und Geröll und mit den sich andienernsten aller Familienhotels an der Uferstraße, dazwischen ein paar Haltebuchten mit Kiosk. An einem dieser Plätze könnte man freilich das Tageslicht abwarten und hoffen, dass der Kiosk bald öffnet für den kleinen Braunen, wie es dort hieß; der See war nämlich schon ein Tiroler See und der Kiosk eine Trafik.

Reither sah zur Seite, auf den Kragen seiner Lederjacke mit dem so fremden Haar und fremden Ohr darüber. Falls wir das mit dem Achensee machen, wäre das bereits ein Sonnenaufgang im Ausland, sagte er, und von der Beifahrerin kam nur ein zustimmender Laut, so träumerisch leise zustimmend, dass er nichts als weiterfahren konnte, als hätte man damit schon besprochen, was nach dem Sonnenaufgang käme, oder wäre sich wenigstens einig, dass man im Begriff war, ins Blaue zu fahren, auch wenn noch tiefes Dunkel herrschte. Eigentlich liebte er solche Nachtfahrten, wenn es nach Süden ging, Stunde um Stunde, und er für sich war, rauchte und Musik hörte und dabei der Wärme und dem Licht näher kam, aber es hatte auch Fahrten zu zweit gegeben, beide eingehüllt in den Rauch, die Musik und die Dunkelheit ringsherum, Christine und er, und irgendwann ein Stopp an einer Nebenstraße, man riecht schon das nahe Meer, aber auch, was es angeschwemmt hat, man leert den Aschenbecher, ist schon barfuß, geht dann auf den Rücksitz, warum nicht, und auch dieses Tun dort hat etwas Gestrandetes.

Österreich, da ist das Benzin billiger, sagte die Palm auf einmal, ein Köder, was ihm, dem Fahrer, erst klar wurde, als er darauf einging: Ja, richtig, wollen wir dort tanken? Er nahm etwas Gas weg, als könnte das den Gang der Dinge noch aufhalten. Und dann fahren wir, nachdem wir getankt haben, am besten gleich noch etwas weiter, sagte seine Mitreisende, oder was war sie sonst, wenn sie noch etwas weiter wollte, über den Achensee hinaus, das hieß, hinunter ins Inntal, wo das Ganze ja längst kein Ausflug mehr wäre. Wir fahren einfach, bis die Sonne irgendwo aufgeht, dann frühstücken wir.

Die Frontscheibe beschlug, und Reither ließ sein Fenster ein Stück herunter; die verwaiste Grenzstation tauchte schon auf, und bald käme der trostlose See, das wusste er von seiner einzigen Fahrt auf dieser Strecke, im vergangenen Sommer, nach Besichtigung der Wallberg-Apartments. Sonst hatte er immer die Schweizroute gewählt, um in den Süden zu fahren, über das Engadin, auch bei der letzten Reise mit Christine; sie wollten nach Sizilien, aber kamen nur bis Reggio an der Meerenge, dort fiel die Entscheidung gegen das Kind, ein am Anfang fast vernünftiges Gespräch bei einer Flasche Wein in einem Straßenlokal. Das mit dem Kind, schau, das macht doch für uns keinen Sinn, hatte er beim Nachschenken gesagt, und Christine trank und schüttelte den Kopf, was aber ein Ja war in dem Moment, ja, es hat keinen Sinn, jeder geht seiner Sache nach, wo soll da ein Kind auch bleiben, und noch mit dem Weinglas am Mund sprach sie es aus, gut, dann eben nicht, es ist wohl besser so, besser für uns beide, und er sagte, ja, du kannst am Theater bleiben, kannst dort weiter komplexe Tränen vergießen – das waren ihre eigenen Worte für Bühnentränen, er hatte sie nur wiederholt: ohne ein Kind, das dich jede Nacht dreimal weckt, kannst du weiter komplexe Tränen vergießen, und sie war dann einfach vom Tisch aufgestanden und davongegangen, und er war zu erschöpft oder zu feige, ihr nachzueilen. Er trank den Wein aus, während sie zum Bahnhof lief, wohin sonst, um mit dem Zug nach Hause zu fahren.

Reither schloss sein Fenster, die Frontscheibe war frei. Und dann sah man schon den Achensee, dunkel und glatt, das Ufer mit der Straße hastig bebaut, das gegenüberliegende dagegen öde, mit schottrigen Ausläufern von

Moränen; es war ein länglicher See, nur in der Mitte gekrümmt, etwas unglücklich Eingezwängtes ging von ihm aus, selbst nachts, und immer wieder gab es seitlich der Straße kleinere Parkplätze mit Ausblick, er entschied sich für einen ohne Kiosk, nur eine Haltebucht mit Geländer über steil abfallendem Wald bis zum Ufer. Zigarettenpause, sagte er und stieg aus. Der Platz war von Schnee geräumt, an den Seiten lagen schwärzliche Haufen mit Glitzerresten. Reither ging an das Geländer, er wartete, bis seine Beifahrerin oder Mitreisende neben ihn trat, er hielt ihr das Päckchen hin, ein frisches, und sie bediente sich, er gab ihr Feuer, sie schützte die Flamme und auch gleich seine immer noch kalte Hand, ihre dagegen war warm. Jetzt stehen wir hier also, sagte er. Und schauen auf den Achensee. Statt zu schlafen.

Sind Sie müde, soll ich lieber fahren? Die Palm wollte seine Jacke schließen, nur fehlte seit Jahren das kleine Anhängerteil am Reißverschlussschieber, man musste ihn zwischen die Finger nehmen, und er zeigte es ihr. So geht das, sagte er, und sie sagte, Gut. Gut, dann fahre ich jetzt, Sie schlafen etwas, oder was meinen Sie? Meinen Sie wieder, dass wir zu viel reden? Sie zog an der Zigarette, in den Augen einen Schimmer von der Glut. Und wie das aussähe in einem Buch, der Dialog untereinandergeschrieben, von einem, der nur zu bequem ist, die Umstände zu erzählen? Zwei mitten in der Nacht an einem See, an dem selbst Leute zu bedauern sind, die hier im Sommer Urlaub machen, ein Mann und eine Frau, der grüblerische Mann im Pullover, die nicht ganz so grüblerische Frau in einer Lederjacke mit fehlendem Reißverschlussanhänger, Punkt.

Ich fahre noch zu einer Tankstelle kurz vor der Autobahn, sagte Reither, dann fahren Sie. Man bekommt dort auch die Mautplakette, für zehn Tage, für zwei Monate, für ein Jahr, je nachdem. Was denken Sie, brauchen wir eine? Er trat seine Zigarette aus und ging zum Wagen zurück. Entweder kaufen wir keine, weil wir gar nicht erst auf die Autobahn fahren, oder wir kaufen die für ein Jahr, was ja nicht heißt, dass man ein ganzes Jahr wegbleiben muss. Man kann auch dreihundertvierundsechzig Tage verfallen lassen, niemand würde einem das übelnehmen. Also, was schlagen Sie vor, Leonie? Er drehte den Zündschlüssel herum, der Motor sprang ohne weiteres an; er legte den Gang ein und fuhr wieder auf der Straße, ein Fahren mit einer Hand, weil kein Auto entgegenkam, die freie Hand lag auf dem Schaltknüppel wie eh und je. Und eigentlich brauchte er keine Ablösung, das Fahren durch die Nacht hatte die Lebensgeister geweckt, ein Wort, das man belächeln konnte – was sind schon Lebensgeister heutzutage –, und dennoch ließen ihn die Serpentinen hinunter ins Inntal in Melodiefetzen atmen, wie es seine Mutter getan hatte, wenn es ihr gut ging, dann waren es Fetzen aus der Zauberflöte oder Fledermaus, und wenn es ihr nicht gut ging, waren es stille Schlager, Wenn die Sonne hinter den Dächern versinkt, bin ich mit meiner Sehnsucht allein, das hatte ihr Atem noch auf dem Sterbebett hingelegt. Auch die Serpentinen fuhr er mit einer Hand, und die Palm hob nur eine Braue, das konnte er sehen in jeder Spitzkehre. Wir sollten diese Plakette kaufen, sagte sie. Ich zahle das und auch das Benzin, wir rechnen dann später alles ab, falls Sie darauf Wert legen.

Später, das war keine Zeit, das konnte alles Mögliche sein, der heutige Abend, der morgige Mittag, das Ende der Woche; natürlich hätte er nachhaken können, später, was heißt später, Leonie, heute noch oder morgen, in welchen Zeiträumen denken Sie, wenn ich fragen darf. Aber er hakte nicht nach, schon gar nicht buchhalterisch, er fuhr die letzten Kurven hinunter ins Tal und bog in die Tankstelle ein, Tag und Nacht geöffnet, wie man es erwarten kann neben der Autobahn. Und dort tat er, was zu tun war, füllte den Tank und machte Scheiben und Lichter sauber, während die Wagenbesitzerin schon an der Kasse stand. Reither sah sie durch das Fenster, ihre schlanke Gestalt, eine Frau, die nachts unterwegs ist, provisorisch gekleidet, das Haar etwas wirr; sie bedeutete dem Mann an der Kasse, dies und das zu tun, zwischendurch winkte sie einmal nach draußen, hab Geduld, ich bringe auch etwas mit. Durch das Glas mit seiner Spiegelung erschien sie ihm alterslos, wie vierzig, wie dreißig, eine Frau, die ihre Jahre weglachte, ja, er hörte sie sogar lachen, und der Kassenmann lachte mit. Dann verschwand sie im hinteren Bereich, wohl in den Toiletten, und erschien nach kurzer Zeit wieder, zahlte und bekam ein Päckchen, mit dem ging sie nach draußen, und er hielt ihr die Wagentür auf. Ich fahr noch etwas, sagte er, ein Satz, den er lange nicht mehr gesagt hatte, zu wem auch; gar keine großen Worte und doch mit einer stillen Schleppe, ruh dich noch aus, ich fahre, es macht mir nichts, ein Stück noch, und dann können wir ja wechseln. Er ging vorn um den Wagen herum und stieg ein, da hatte Leonie Palm schon die Plakette innen an die Scheibe geklebt, die für ein ganzes Jahr.

Reither setzte sich wieder hinters Steuer, er ließ den Motor an und fuhr aus der Tankstelle, hinein in einen Kreisel mit den Abzweigungen zur Autobahn, einer nach Kufstein und damit zur Grenze, also heimwärts, und einer Richtung Innsbruck und Brennerpass, in die bog er ein, als wäre es so besprochen worden, und die Palm öffnete das Päckchen. Es gibt warmen Apfelstrudel und Kaffee, was halten Sie davon? Überrumpelnde Worte morgens um zwei, er bediente sich, als es schon auf die Autobahn ging, mit freier Strecke um die Zeit, da konnte man gleich auf der linken Spur in den vierten, fünften Gang schalten. Sagen Sie, haben wir eigentlich ein Telefon dabei, ich nicht, Sie? Halb zur Seite gebeugt fragte er das, aber wie kam er darauf, vielleicht weil in der Frage etwas Bremsendes lag, bremsend allein schon das Wort Telefon, zumal es ihn immer geschüttelt hatte, wenn die neueren Wörter dafür in Büchern des Reither-Verlages aufgetaucht waren, ja das Telefonieren von überall die Krücke ganzer Geschichten war. Sicher, sagte die Palm, nur kann ich damit nicht gut umgehen, es gehörte meiner Tochter, sie braucht es nicht mehr.

Reither hielt die Hand auf, er ließ sich noch ein Stück von dem Strudel geben. Er aß und fuhr, er trank von seinem Kaffee – Sie haben also eine Tochter? Nach dem letzten Schluck aus dem Becher sagte er das, sehr verspätet, aber es hatte immer noch etwas von schlechtem Theater, ich weiß, dass deine Tochter tot ist, und frage dich trotzdem, so klang es in ihm, und ich weiß oder ahne sogar, wer du bist. Und auch die Antwort ließ auf sich warten; Leonie Palm nippte an ihrem Kaffee, beide Hände um den Becher, als wäre der Kaffee noch heiß –

wie sie den Becher hielt oder sich eher an dem Becher hielt, das konnte er sehen, als es auf gerader Strecke bergan ging, schon vor Innsbruck, dem Tunnel unter der berühmten Sprungschanze entgegen. Er sah auch eine Unruhe in ihren Nasenflügeln, wie das Pumpen einer Biene vor dem Abflug. Sie betrachtete ihn – ein Wort, vor dem er häufig gewarnt hatte, betrachten, es gehöre ins Museum, sei zu mächtig, wie auch das Wort Blick, es gelte, andere Worte zu finden, unaufdringliche, und doch war es ein Betrachten über den Rand des Bechers.

Ja, eine Tochter, sagte sie. Ich hatte ein komplettes Leben, Mann und Tochter, einen Hund und den Hutladen. Der Hund kam unter ein Auto, das kann passieren. Und der Mann verschwand Richtung Indien, als unser Kind noch keine fünf war, auch das kann passieren, wenn man lieber träumt, statt zu arbeiten. Mir blieben eine Tochter und die Hüte. Der Laden machte sich, weil es noch Leute gab, denen meine Hüte standen, und das Kind machte sich auch, bis es über Nacht keins mehr war. Auf einmal war es ein Mädchen, das einem Vater ähnlich wurde, den es kaum kannte. Es schloss sich Leuten an, die von Luft und Musik lebten, und glaubte alles, was ihm durch den fünfzehnjährigen Kopf ging. Das hielt dann noch einmal fünfzehn Jahre, und das war's. Sie hätten den Panamahut behalten sollen, auch böse Erinnerungen haben ihren Sinn, sie schärfen den Blick für das Gute in der Gegenwart, wenn ich das jemandem sagen darf, der keine Ratgeber in seinem Programm hatte. Wo sind wir, wo geht es hier hin? Eine Frage in dem Tunnel unter der Schanze, eher neugierig als etwa besorgt, und Reither wartete mit der Antwort, bis sich der Tunnel zu schneebleichen Massiven vor dem Nachthimmel öffnete. Wir sind schon auf der Strecke zum Brenner, und wenn wir hier weiterfahren, geht es über die Alpen, sagte er. Über alle Berge, Leonie, das wollten Sie doch.

5

Reither sah auf die Straße, er hatte das schon fast vergessen, wie gut es tun konnte, nachts neben einer Frau Auto
zu fahren. Und von der Seite kein Wort, Stille im Wagen,
nur das Motorgeräusch; unzählige Male hatte er so die
Nacht überwunden, neben sich eine Schlafende, irgendwie in den Sitz gekauert, ein Bein bedeckt und eines nackt
und auf dem nackten seine Hand. Aber Leonie Palm war
hellwach, sie zündete eine Zigarette an und reichte sie
ihm, das war auch ein Wort, dann rauchte sie selbst und
öffnete etwas ihr Fenster, und er machte seins ganz auf,
weil sie schon zur Mautstelle für die Brennerautobahn
kamen; nur eines der Kassenhäuschen war besetzt in der
Stunde des geringsten Verkehrs, neun Euro betrug jetzt
die Maut, da hatten sie schon wieder aufgeschlagen,
seit er im vorigen Sommer die Strecke fuhr. Seine Mitreisende – auch das war sie inzwischen, das vor allem –
reichte ihm einen Zehnerschein. Er reichte ihn weiter und
bekam eine Münze zurück, die hielt er nach rechts,
und sie wurde ihm abgenommen; alles erschien jetzt ganz
einfach, als müsste er bloß fahren und fahren, und das
Ziel würde sich von allein ergeben. Aber er fuhr nur noch
aus dem Kassenbereich und hielt in der Verbreiterung vor
der Mautstelle und stieg aus dem Wagen.
Mir genügt's, jetzt fahren Sie!
Etwas unnötig laut sagte er das, und überhaupt hätte

er sich die Worte sparen können, weil Leonie Palm schon hinter das Steuer gerutscht war und den Sitz umstellte, die Zigarette im Mund, das gefiel ihm, das war besser als seine Worte – wie oft hatte er so etwas gestrichen, mir genügt's, jetzt fahren Sie, hingeschrieben nur, weil es sich angeboten hat, Hurenworte. Auch im richtigen Leben war man nicht sicher vor ihnen, schon gar nicht nachts um drei, irgendwohin unterwegs mit einer Wildfremden, statt zu schlafen, obwohl er gar nicht müde war, und die Wildfremde gar nicht wildfremd. Er kannte sie nur kaum, das war alles, sah sie aber gern mit Zigarette im Mund und in seiner Jacke, wie sie jetzt den Motor anließ, ihre Tür schloss und die paar Meter zu ihm fuhr, damit er bequem einsteigen konnte. Na los, sagte sie, rein mit Ihnen, und Sie könnten uns etwas aus dem Buch vorlesen, das Sie eingesteckt haben, dann fahre ich, bis die Sonne aufgeht, wo wird das ungefähr sein?

Reither stieg in den Wagen, er überschlug die Strecke, vom Brenner ging es nach Bozen und von Bozen Richtung Verona, immer durch das Etschtal bis Affi an den Ausläufern der Berge. Das wird, wenn wir keine längere Pause machen, etwa bei Affi sein, ein Einkaufszentrum noch vor Verona. Kennen Sie Verona? Er warf seine Zigarette aus dem Fenster, und die Palm legte den Gang ein und fuhr in die Dunkelheit hinter der erhellten Mautstelle; aber erst nach einer Kurve, als es in das Hochtal hin zur Passhöhe ging, hatte die Nacht ihr eigenes Licht, mit einem Himmel über dem Tal wie benagelt mit Sternen. Nein, ich kenne Verona nicht, sagte die Frau am Steuer – sie so zu sehen, nur als Figur, war beruhigend –, wir sind im Sommer an die Ostsee gefahren, ich war nur einmal in Rom und in Venedig. Man kann fast sagen: Ich war noch nie in Italien.

Also kann man es sagen – Reither schob den Sitz zurück und schraubte auch die Lehne etwas nach hinten, er machte es sich bequem. Ich war noch nie in Italien, zuletzt hatte er das von seiner Mutter gehört, Bibliothekarin in Kirchzarten südöstlich von Freiburg, wo es ja nahegelegen hätte, über die Schweiz wenigstens an den Lago Maggiore zu fahren, nur kam die Mutter nie dorthin. Ihr Mann, Studienrat am längst geschleiften Freiburger Rotteck-Gymnasium, Latein und Geschichte, ein Vater, der keiner war, weil er mit Toten gelebt hatte, scheute das Reisen und war mit Wanderungen durch alte Bücher zufrieden, bis er mit einem Buch in der Hand vor ein Auto lief, der Tod als Klischee. Er hatte nur vage Erinnerungen an die Beerdigung, ein Regentag im August und die Mutter mit defektem Schirm, er elfjährig an ihrer Hand, und noch am Abend die Bitte, sie ab jetzt beim Namen zu nennen, Anne zu sagen, erwachsen zu sein. Sie zogen dann von Freiburg aufs nahe Land, eben nach Kirchzarten, wo man damals noch günstig wohnte, und Anne Reither übernahm die Reisescheu ihres Mannes als eine Form der Treue über den Tod hinaus. Die Gemeindebibliothek wurde ihre Welt, sie organisierte dort Lesungen, und er, der Sohn, war noch keine dreizehn und saß schon in der letzten Reihe, wenn vorn einer der Großen aus seinem Werk las und sich sogar in Kirchzarten Mühe gab. Und noch keine achtzehn war er, als Mutter Anne eines Abends seine Hand nahm und sagte, sie habe Lymphdrüsenkrebs und werde in Kürze sterben. Sie war schon sehr abgemagert, und trotzdem glaubte er nicht daran, erst als sie bald danach aufhörte zu arbeiten. Zwei Wochen später war sie schon in Freiburg im Krankenhaus, und noch eine Woche später konnte sie kaum noch sprechen. Er besuchte sie jeden Tag nach der Schule, saß stundenlang auf einem Stuhl neben dem Bett, und an einem dieser Nachmittage, an denen die Zeit stillzustehen schien, kam plötzlich ihre Hand, und er beugte sich zu ihr und hörte sie mit fast deutlicher Stimme sagen, Ich war noch nie in Italien, als könnte er noch etwas ändern daran, also versprach er es ihr an dem Nachmittag hoch und heilig, Du, Anne, wir machen das, und gegen Abend starb sie.

Wollten Sie nicht aus dem Buch vorlesen? Die Palm, leicht vorgebeugt, überholte einen Lastwagen und gleich noch einen, sie fuhr zügig, aber mit Überblick. Sie wollten das, nicht ich, sagte er und griff in den Beutel zu seinen Füßen. Er holte das Bändchen mit dem befleckten Umschlag heraus, und das zu tun hätte genügt, es brauchte keine weitere Klarstellung, Sie wollten das, nicht ich, nur drängten die Worte sich auf, ein Plappern, auch wenn es nicht nach Plappern klang. Reither klappte seine Sonnenblende herunter, in der musste innen ein Spiegel mit Lämpchen sein, und so war es auch, er machte das kleine Licht an, das reichte zum Lesen. Dieser Name auf dem Buch, sagte er und hielt das Buch in die Höhe, der passt zu dem Umschlag und zu der Schrift. Ines Wolken, das öffnet ein Fenster, finden Sie nicht, das könnte auch der Titel sein – ist es so?

Was reden Sie da, Reither, ist das Müdigkeit? Die Palm griff nach dem Buch, aber eigentlich nach ihm, seiner Hand, die es hielt, eine Sekundensache, wie ein Reflex, und schon fuhr sie wieder mit beiden Händen, und er kam nicht dagegen an, sie vor den Kopf zu stoßen, auch wenn er es leise tat. Wir wissen beide, Leonie, dass Sie das geschrieben haben. Und wir wissen auch – oder Sie wissen es, ich habe in dem Fall ein dumpfes Gefühl –, dass wir diese Fahrt machen, damit ich Ihr Buch lese oder vorlese oder vorgelesen bekomme, die Reise endet also, wenn das Buch endet. Hätte ich es nicht mitgenommen, hätten Sie es mitgenommen, aber Sie konnten davon ausgehen, dass es mir wichtiger wäre als etwa die Kekse, mindestens so wichtig wie die Zigaretten. Was soll ich also vorlesen, den Anfang? Ich könnte ihn auch nur für mich lesen, Sie kennen ihn ja.

Reither wollte das Buch aufschlagen, aber die Palm trat auf die Bremse, sie zog den Wagen nach rechts und fuhr auf den Standstreifen, bremste noch weiter ab und stoppte so ruckartig, dass er mit der Stirn an die Sonnenblende kam; sie machte den Motor aus und die Warnlichter an. Das Ganze kann auch schon hier enden, sagte sie. Was glauben Sie, warum wir in diesem Auto sitzen, Sie und ich, wegen eines Buchs? Glauben Sie das wirklich? Sie nahm sich eine Zigarette, sie nahm auch das Feuerzeug und wandte sich etwas ab. Wir sitzen hier wegen Menschen, die es in unserem Leben nicht mehr gibt oder nie gab, sagte sie, und Reither wollte widersprechen, auch wenn er gar nicht wusste, was sich dagegenhalten ließ, und nur mit rudernden Händen ihre Worte in Zweifel zog, bis sie ihm die Hände in den Schoß drückte. Was glauben Sie, wer wir beide sind? Fast ohne die Stimme zu heben, sagte sie das, die Zigarette dicht am Mund. Zwei, die Pleite gemacht haben, Sie mit einem Verlag, Reither, ich mit einem Hutladen. Und das nicht nur, weil es keine Hutgesichter mehr gibt. Nein, weil die Leute meine Hüte nicht mehr brauchen, so wie sie Ihre Bücher nicht mehr brauchen, weil sie schon seit Jahren etwas ganz anderes wollen als handgemachte Hüte oder gute Bücher, das ist die Wahrheit. Und das kleine selbstverlegte Buch in Ihrer Hand ist eine Folge dieser Wahrheit. Aber enthält auch etwas von meiner eigenen. Ja, es wäre gut, wenn Sie es lesen würden. Und wenn Sie es wieder in den Beutel steckten, wäre das auch kein Unglück. Weil es schon gut ist, dass wir hier nachts im Auto sitzen, irgendwo vor dem Alpenhauptkamm, wenn ich richtig orientiert bin, und nicht genau wissen, wohin. Falls Sie das anders sehen, können Sie jetzt gerne aussteigen. Oder ich steige aus. Behalte aber Ihre warme Jacke an, die bekommen Sie später zurück.

Keiner steigt aus, keiner, sagte Reither, die Hände wieder erhoben wie gegen den Wörterdruck, einschließlich der Dopplung. Und jetzt fahren Sie hier bitte weg, Leonie, das ist kein Parkplatz, und erklären Sie mir, ab welcher Stelle ich vorlesen soll.

Die Palm machte den Motor an und sah in den Rückspiegel, sie wartete noch ein Auto ab, dann fuhr sie vom Standstreifen und beschleunigte. Seite elf, oben: Sie bewegte sich, als könnte ihr Körper jeden Moment zerfallen, von der Stelle an sollten Sie lesen. Sie können es auch für sich lesen, nur sagen Sie mir, ob es etwas taugt oder was man davon retten kann. Unser Geschriebenes ist die einzige Wahrheit, die sich korrigieren lässt, aber das wissen Sie besser als ich. Und wenn Sie meinen Namen sagen, hilft das auch schon etwas.

Ganz wie Sie wollen, Leonie – Reither schlug das Buch auf, er suchte die Stelle und begann zu lesen. Die Frau ging unter kahlen Bäumen, Hände an den Wangen, damit ihr das Gesicht nicht zersprang, so ging sie bis zu einer Straße. Dort winkte sie den Vorbeifahrenden, und bald hielt einer, der Fahrer machte ihr sogar von innen die Tür auf – eine Frau muss man sein, gleichgültig wie aufgelöst, nur in hohen Stiefeln und Jacke mit Pelzkragen. Es war einer im Anzug, etwa ihr Alter und verheiratet, sie sah den Ring, als sein Auto schon zwei andere überholte, ein Tritt aufs Gas reichte. Er gehörte zu denen, die nichts falsch machen beim Fahren und glauben, dass sie innerhalb eines Autos überhaupt nichts falsch machen können, egal, was sie sagen; zu ihr sprach er wie mit einer, die sich anbietet am Straßenrand, Also, wo wollen wir denn mal hin? Und da nannte sie eine Adresse, wenn er sie dorthin fahren könnte. Ob sie dort wohne, fragte er, und die Antwort war Nein. Und das hätte eigentlich genügt, aber sie sagte noch, Dort wohnen Leute, die meine Tochter kannten, die mir vielleicht sagen können, warum sie sich nachts in eisiger Kälte mit einer Flasche Wodka an einen See gelegt hat, in Kauf nahm, dass sie dort erfror.

Reither sah zur Fahrerseite. Die Palm fuhr mit leicht zurückgelegtem Kopf, und da gab es eine Linie von der Nasenkuppe über die Lippen bis zum Kinn, der er nichts entgegenzusetzen hätte, kein Wort. Warum haben Sie dem Mann im Auto das mit Ihrer Tochter erzählt, fragte er. Ist das glaubhaft?

Wieso ich? Und den Mann gab es gar nicht. Ich habe ihn erfunden. Um ihn am Ende anzuspucken. Weil er nur Auto fahren kann, sonst nichts. Er wird anzüglich, er macht den Vorschlag, in ein Hotel zu fahren, zum Glück vor einer Fußgängerampel, der einzigen auf der Straße durch den Wald. Und da spuckt sie ihn an und steigt aus und läuft wieder in den Wald und ruft nach der Tochter, obwohl es absurd ist, schließlich hat man sie tot aufgefunden und musste ihr die Finger brechen, um die leere Flasche aus der Hand zu bekommen. Trotzdem ruft die Mutter den Namen der Tochter und bekommt sogar von den Bäumen herab eine Antwort, nämlich von Baumgeistern, die dort wohnen, finden Sie das idiotisch?

Ich habe es noch nicht gelesen, sagte Reither. Aber das Lesen strengt auch an bei dem Licht. Können Sie warten, bis es hell wird? Er machte die kleine Lampe neben dem Spiegel aus und klappte die Sonnenblende wieder zurück. Diese Frau, von der Sie erzählen, die aus seinem Wagen flüchtet und zurück in den Wald läuft und nach ihrer Tochter ruft, das sind doch Sie. Warum schreiben Sie nicht gleich in der Ichform?

Warum reden Sie nicht gleich in Ichform? Ich, Julius Reither, so heißen Sie doch, sitze im Auto von Leonie Palm und weiß nicht, wo diese Reise endet, ich sehe nur, dass es schon über den Brenner geht, oder was ist das hier? Sie zeigte auf das alte Grenzgebäude, stillgelegt, nur mehr graues Gestein, dafür ringsherum neue kastenförmige Großbauten, hingestapelt wie von Kinderhand, Warenlager mit Outletverkauf, um den Pass damit wiederzubeleben. Ja, sagte Reither, ich fahre mit Ihnen sonst wohin, aber schauen Sie lieber auf die Straße. Und niemand muss in der Ichform schreiben, es ist nur keine Schande, sich auf die Art Luft zu machen. Und Julius, das war die Idee meines Lateinlehrervaters, keine gute.

Wir sind übrigens seit eben in Italien, auch wenn hier alles tot aussieht, können Sie noch fahren? Eine Frage ohne einen Blick zur Fahrerseite, er sah nach rechts, aus seinem Fenster, zur Bahnstation am Brenner, und die war alles andere als tot. Da lag weißliches Scheinwerferlicht über den Gleisanlagen auf der italienischen Seite, und einer der Bahnsteige nahe der Straße quoll über vor Menschen. Aberhunderte standen dort zu einer Masse gedrängt neben einen Zug mit wohl verschlossenen Türen, eine trotz des Lichts dunkle Schlange, aber mit Farbpunkten, von unzähligen Bündeln und Rucksäcken, von Decken, Mützen und farbigen Kopftüchern, von allem, was man nur tragen konnte. Die Palm sah davon nichts, sie sah auf die Straße, die sich vor einem Tunnel verengte, und er sagte auch nichts, was hätte man da auch sagen können, damit sie sich weiterhin konzentriert, achten Sie jetzt nur auf den Tunnel, Leonie, da wird es einspurig, aber wenn Sie nach rechts schauen würden, aus meinem Fenster, könnten Sie sehen, was auf uns zukommt – er sah das ja selbst so zum ersten Mal, bisher hatte er nur in seiner Leib- und Magenzeitung darüber gelesen, Artikel, denen er glauben konnte, ebenso den Fotos, auch wenn die Zeitung nach Luft schnappte wie zuletzt sein Verlag. Jetzt sind wir also in Italien, sagte die Palm, als es schon wieder aus dem Tunnel herausging und neben der Straße nur noch Ausläufer des Bahnhofs lagen, menschenleer. Sie bat um eine Zigarette, und Reither steckte sie ihr an, ihre Hände blieben am Steuer, weil die Straße immer noch einspurig war, er schob die Zigarette zwischen ihre Lippen, in die Linie, für die es kein Wort gab, und sah ihr beim Rauchen zu, beim Atmen, beim Fahren. Die Zigarette reichte bis zur Mautstelle bei Sterzing, dort musste man nichts bezahlen, nur ein Kärtchen ziehen, dann klappte eine weiße Schranke hoch, und vor einem lag die Autobahn bis nach Sizilien.

Die Palm stoppte in einer der Mautgassen und ließ ihr Fenster herunter, sie zog das Kärtchen und reichte es weiter, wie man es eben macht, wenn man zu zweit reist, hier, nimm das mal; schon schwenkte die Schranke hoch, und sie fuhr auf die wieder breitere Autobahn, ging in den dritten, den vierten, den fünften Gang, und er tat das Kärtchen in die Brusttasche über einem pochenden Herzen, dem Herzen, das seit Jahr und Tag nur für ihn selbst schlug, ein Blindpumpwerk – aber wie kam er auf dieses Wort, sofern er es überhaupt erdacht hatte, Blindpumpwerk, und es nicht schon Teil eines Schlummers war, die alte Frage: Welche Gedanken macht man sich noch, wenn der Schlaf naht, und welche kommen schon auf einen zu, wie Leonie Palm und diese Nachtfahrt ohne Ziel auf ihn zugekommen sind.

Sie überholte einen Bus, und in Fahrtrichtung gab es keine Rücklichter mehr, es gab auch kein Licht, das entgegenkam, sie fuhren allein durch die Dunkelheit, was ja eigentlich nicht sein konnte, außer man hatte die Augen zu – Reither wehrte sich gegen den Schlaf oder die Bequemlichkeit, sich irgendwie einzurichten im Sitzen, wie man es auf Nachtflügen tat. Er ließ sein Fenster ein Stück herunter und hielt die Stirn in die kühle Luft; ihm brannten die Augen, nur sie einfach zu schließen, kam nicht in Frage, bei Nacht brauchte es den Beifahrer mit offenen Augen. Das Radio, er könnte es anmachen, gute Musik suchen, aber an Musik schieden sich schnell die Geister.

Lieber drehte er sich der Fahrerin zu, das war schon auf dem kurvig-engen Abschnitt zwischen Brixen und Bozen, der Frau in seiner alten Jacke mit ihrem Haar über dem Kragen, und ein paar Haare fielen ihr auch wieder über die Wange, pendelten dort, wenn Leonie Palm den Kopf leicht schräg hielt – wie selten das vorkam, dass ein Name einem Gesicht wie entnommen war und nicht aufgedrückt. Sie fahren gut, Leonie, sehr gut: Seit einer Weile wollte er das schon sagen, aber dann kam er kurz vor Bozen mit etwas ganz anderem, ob sie noch wach genug sei, und als Antwort gab es nur ein Seufzen, mädchenhaftbettlägrigfaul. Reither schloss sein Fenster, er faltete die Hände im Nacken, damit sie nichts taten, das er bereuen könnte. Soll ich das Radio anmachen, wollen Sie Musik hören?

Erzählen Sie lieber etwas, sagte die Palm – wie war Ihr Lateinlehrervater, was hat er Ihnen beigebracht, einiges sicher, und was haben Sie behalten davon? Ich hätte gern Latein gehabt, das Fach gab es bei uns gar nicht. Ich hatte Nadelarbeiten.

Ich habe behalten, was er mir als Erstes beigebracht hat, wie man amare konjugiert, lieben, möchten Sie das hören? Reither holte die Wasserflasche aus dem Beutel, er schraubte den Verschluss ab und übergab ihr die Flasche, sie trank in kleinen Schlucken und reichte die Flasche kurz vor dem Tunnel bei Bozen zurück, um mit beiden Händen zu fahren. Er sah ihr zu, wie sie lenkte im Tunnel, und trank von dem Wasser und auch etwas von ihr. Ja, ich möchte das hören, sagte sie, als es schon aus dem Tunnel herausging und danach in langer Linkskurve teils über die alten Dächer von Bozen, teils vorbei an neueren, die Straße überragenden Gebäuden, alle noch dunkel, bis die Strecke wieder gerade verlief und sich im ersten Morgendämmer das breite Etschtal auftat. Amo, amas, amat. Ich liebe, du liebst, er sie es liebt. Das saß, sagte Reither. Eine der wenigen Erinnerungen an den Mann, der mein Vater war. Wir machten eine Wanderung auf den Hinterwaldkopf, einen der höheren Berge im Schwarzwald, nicht sehr weit von Freiburg, ich war noch keine zehn. Und auf der kahlen Kuppe des Hinterwaldkopfs, zwischen einem Mahnmal aus groben Steinen für die Gefallenen der Weltkriege, gab es diese Einführung ins Lateinische. Amo, amas, amat, amamus, amatis, amant. Danach das Imperfekt, erste Person Singular, amabam. Studienrat Reither, erschöpft nach dem Anstieg, gab sich bei den anderen Zeiten jeweils mit der ersten Person zufrieden, vielleicht auch unter dem Druck seiner Frau, meiner Mutter, die zwischen den Gedenksteinen harte Eier schälte, auch das unvergessen. Amabam also, ich liebte. Amavi, ich habe geliebt. Amaveram, ich hatte geliebt. Futurum eins und Futurum exactum waren für den Rückweg vorgesehen. Es war seine letzte Wanderung, ehe er mitten in Freiburg bei roter Ampel, nur der Autorität der Consecutio Temporum verpflichtet, vor ein Auto lief. Sein ganzes Leben war dem alten Rom gewidmet, ohne je dorthin gereist zu sein, das habe ich dann übernommen, noch per Anhalter, aber nicht um mein Schülerwissen zu vertiefen, eigentlich um es zu vergessen, ohne Vergangenheit zu sein, nur mit einer Zukunft. Damnatio memoriae, Verdammung des Andenkens, Auslöschung der Erinnerung, das furchtbarste Mittel der römischen Macht, um eine Person oder ganze Volksgruppen in ihrem Kern zu vernichten – selbst beim Essen hatte Studienrat Reither vom alten Rom erzählt, und dieses Detail hat der Sohn sich zu Herzen genommen. Besser, man löscht so einen Vater in sich, als an ihm zugrunde zu gehen. Und Ihre Tochter, Leonie, war Ihre Tochter krank?

Reither nahm eine Hand aus dem Nacken und legte sie auf den Ärmel seiner Jacke, darunter ein fremder Arm, einen Herzschlag brauchte es, bis er den spürte und die Hand zurückzog, an sein Kinn legte, das schon kratzig war wie immer am Morgen. Die Palm hielt ihm zwei Finger hin für eine Zigarette, er steckte eine an und gab sie ihr, und sie rauchte, als hätte sie nie damit aufgehört, wie eins mit der Zigarette, auch dann, wenn sie nicht an ihr zog, eins mit dem kleinen Theater des Rauchens, das er an allen Frauen gemocht hatte. Erwarten Sie keine medizinische Erklärung zu meiner Tochter, sagte sie. Und erwarten Sie auch kein Wort, das sich anhört, als könnte es erklären, warum sie sich in eisiger Nacht an ein Seeufer gelegt hat. Meine Tochter war, wie sie war. Schwierig.

Schwierig sind wir auch. Aber leben noch.

Dann war sie eben schwieriger. Sie hatte Haare wie ich, aber man fand sie mit einer Soldatenfrisur. Und als ich später ihre Wohnung betrat, lag das ganze Haar auf dem Bett. Sie hat es abgeschnitten, weil sie es nicht mehr brauchte, so einfach ist das. Schließlich sind wir keine Affen mehr, das Haar muss den Kopf nicht wärmen, es muss gefallen, und dazu gehören immer zwei, außer man ist verrückt. Aber verrückt war sie nicht, nur allein. Wie ihre Mutter, die ein Buch über sie schrieb, um sich zu trösten. Am besten, ich werfe es aus dem Fenster.

Man wirft kein eigenes Buch weg, schon gar nicht auf

der Autobahn – Reither legte wieder eine Hand auf den Ärmel seiner Jacke, diesmal zog er sie nicht zurück, er legte sie um den unsichtbaren Arm darunter – wie geht das Buch aus?

Die Baumgeister bieten der Mutter an, die Zeit um eine Woche zurückzudrehen. Dann könnte sie zu dem Waldsee laufen und sich in die Nähe der Tochter ans Ufer setzen und bei ihren letzten Stunden dabei sein. Sie dürfte aber nicht zu ihr gehen, sie nicht ansprechen, ihr auch nichts zurufen, sie nicht stören beim Sterben, sich nur ein Bild verschaffen.

Und Ihre Heldin lässt sich darauf ein?

Ja. Die Mutter sieht, dass am Kältetod der Tochter nichts mehr zu ändern ist, ihr Blick muss nach vorn gehen, nicht zurück – damnatio memoriae, jetzt kann ich sogar etwas Latein, und Sie müssen das Buch nicht mehr lesen. Aber hätte Sie der Stoff interessiert, hätten Sie mein Buch gemacht?

Unter Umständen.

Unter Umständen ist keine Antwort.

Reither lehnte sich ans Fenster, eine Schläfe am zittrigen Glas – unter Umständen war sogar eine seiner Standardantworten; wie viele Träumerinnen hatte er so vertröstet, schreiben Sie weiter, ja, unter Umständen wird daraus ein Buch. Er sah nach draußen, auf das Tal, flach gedrückt in Eiszeiten, die seitlichen Berge, ihre Flanken, geschliffen von einem gewaltigen Gletscher und sogar Zeugnis für ein einstiges Meer, Milliarden abgelagerter Skelette und Schalen, von der Zeit zu Kalkstein gepresst, darüber der Himmel, von allem unberührt. Die Morgenröte – ein Wort, vor dem man nur zurückscheuen konnte, und doch hatte der Himmel über dem Tal im Osten etwas Bläulich-Rotes, wie vielleicht die Wangen der jungen Frau an dem vereisten Ufer, als sie der Wodka noch wärmte, ehe das Blut immer langsamer floss und irgendwann kaum noch das Hirn erreichte, all ihr Schwieriges –, die Morgenröte also, sie lag auf Obstplantagen, die Bäume alle schon mit Blüten, kaum zu glauben. Er rauchte jetzt, den Kopf noch am Fenster, er sah auf die Berge, die Spalten und Schluchten im Fels, aber sah auch zur Fahrerin, wie sie alles im Auge hatte, wohl auch den Beifahrer; er ließ den Rauch verströmen, es gab rein nichts, das noch ein Wort verlangt hätte.

Erst kurz vor Affi erwachte wieder die Sprache in ihm, als das eng gewordene Tal leicht anstieg, zu einem Querhang mit vier Windrädern, groß und unbewegt vor dem Morgenhimmel, nun schon blassrot. Wenn es hier Geister gäbe, sagte er, würden sie oben in den Flügeln hocken und kichern, sobald sich die Räder drehen. Es gibt solche und solche Geister, die in Ihrem Buch sind seriös, denke ich. Und jetzt kommt gleich unsere Ausfahrt, Affi, das Einkaufscenter, dort machen wir Pause, oder haben Sie eine andere Idee? Eine Frage schon hinter dem Querhang, mit einem Blick in die Ebene, in das Weite, das man sucht. Reither holte das Mautkärtchen aus dem Hemd und einen Zwanzigerschein, nun war er mit Bezahlen an der Reihe. Die Palm bremste den Wagen ab und nahm die Ausfahrt. Was für eine Idee, sagte sie. Etwa die Idee, in ein Hotel zu gehen? In ein Hotel geht man abends, nicht morgens. Und es sollte am Meer liegen oder nicht? Sie kam zu den Mautkassen, er gab ihr das Kärtchen und den Schein, sie reichte beides weiter. Außerdem hat das Auto Liegesitze, man kann sich mehr strecken als in jedem Flugzeug, wie groß sind Sie? Der Kassierer hielt ihr das Wechselgeld hin, sie griff danach, und die Schranke ging hoch, Reither beugte sich herüber, er nahm ihr die Münzen aus der Hand, und sie schloss die Hand um seine. Schalten, sagte sie, und er schaltete in den zweiten Gang, sie fuhr mit einer Hand, er wies ihr die Richtung, hinein in einen Kreisel und gleich in einen nächsten, sie musste stoppen, und er ging in den Leerlauf, das machte er mit links, während sie immer noch seine Hand hielt, so, als säßen sie im Kino, wenn auf der Leinwand ganz langsam ein Türgriff heruntergeht. Schalten, sagte sie wieder, und im ersten Gang fuhren sie an einem Baumarkt entlang, übergehend in eine Ladengalerie mit angrenzendem Kaufhaus; metastasenartig war der ganze Komplex, vor dem Kaufhaus lag ein großer Parkplatz, noch fast leer um die Zeit, nur an der unbebauten Seite, hin zu Büschen und einer Deponie, standen ein paar Autos und etwas abseits ein Wohnmobil mit Fahne, auf das steuerte sie zu, wie herangewinkt, fuhr dann aber daran vorbei und parkte ein Stück versetzt in Richtung der Büsche, hohem Oleander, dazwischen Planen und Gestrüpp und eine Art Bewegung, ein Leben, als würden sich dort Tiere drängen, etwa Schafe oder Ziegen, darunter auch kleine, bis Reither sah, dass es Menschen waren, an ihre Habe geklammert, Rucksäcke, Bündel, Plastiktüten. Die Palm machte den Motor aus, sie hielt immer noch seine Hand und sah zu dem Wohnmobil. Der kommt aus meiner alten Ecke, da hat man unsere Fahne auf dem Dach. Und jetzt stellen wir die Sitze zurück – ich hatte gefragt, wie groß Sie sind. Zu groß?

Eins sechsundachtzig, sagte er. Aber ein Liegesitz ist besser als nichts. Schlafen wir also zwei Stunden und kaufen dann ein, was wir brauchen, frühstücken etwas und fahren wieder.

Warum nur zwei Stunden?

Reither drehte seine Lehne zurück. Länger an Ihrer Seite zu schlafen, Leonie, wäre schon ein Versäumnis.

6

Keine zwei, sondern fast vier Stunden dauerte Reithers Versäumnis, ein Sturz in die Erschöpfung, in das Schweigen des Körpers trotz unbequemer Lage, eben den Schlaf – die Stunden, die er überspringen müsste, wäre er der Erzähler seiner Geschichte. Ihn hatte schließlich die Wärme im Auto geweckt, auch das Licht, obwohl der ausgezogene Pullover mit den Ärmeln locker um die Augen gebunden war, nur schien die Sonne frontal herein, hell durch die Maschen, hell durch die Lider. Also stemmte er sich auf und sah seine Mitreisende, die noch schlief, den Kopf leicht zur Seite gedreht, ihm entgegen, und wenn es in dem Moment einen Schrecken gab – sich in einem Auto neben einer Frau wiederzufinden, die er kaum kannte, neben einem fremden Gesicht, wie man sagt –, dann war es höchstens der Schrecken, dass nichts von diesem Gesicht ausging, das fremd war. Ja im Gegenteil, er erkannte etwas wieder, das sich schon fast verflüchtigt hatte, nur noch in Spuren existierte, wie die frühen Zeichen, dass man zu Hause war, der Duft des Bügeleisens auf besprengter Wäsche, das Licht einer Stehlampe mit Faltenschirm, das Knacken aus den Heizrohren und ein Geraschel beim Zeitungsblättern, hinter der Zeitung Zigarettendunst und das mütterliche Sonntagsseufzen. Er beugte sich über die Handbremse zwischen den Sitzen und sah auf das Gesicht im Schlaf, die Linie, die ihm ein altes Bild zurückgab, das seines ersten Kusses in einem Kino in Freiburg, dem Astoria, ein Kuss war das, der nach Rauch schmeckte, die Lippen an seinen, das andere Zahnfleisch, die andere Zunge. Und eigentlich sah er auf sich selbst, auf einen, der kaum hätte sagen können, wann er zuletzt so geküsst hatte, überwältigt davon, nicht in der Luft zu hängen mit dem verlangenden Mund, sondern empfangen zu werden. Reither sah sich in diesem Auto, das Haar zerwühlt vom Schlaf, den übersprungenen Stunden, und über anderes zerwühltes Haar gebeugt, ja sah sich Haare mit dem Handrücken aus einer Wange streichen, einmal, zweimal – wann hatte er das zuletzt getan, wenn es ihm je so passiert war –, und sah sich die Hand dann zurückziehen, als wäre nichts gewesen, und seine Tür damit öffnen; er sah sich aussteigen und ein paar Schritte gehen, weg von den Lagernden mit ihren Bündeln, und sich der Sonne zuwenden, sah einen, der sich streckt und es kaum fassen kann, wie warm es ist. Und es noch weniger fassen kann, als ihn jemand beim Namen ruft.

Leonie Palm kam auf ihn zu, ohne seine Jacke und schon mit Sonnenbrille, auch sie streckte sich, Und? Eins dieser Worte, die alles in der Schwebe halten; sie drückte ihm eine Faust an die Brust, eher ein Berühren, ein Kontaktaufnehmen. Wir können jetzt frühstücken und dann zurückfahren, ich will es nur gesagt haben. Wir können aber auch weiterfahren, bis es uns irgendwo gefällt. Ich habe gut geschlafen, und Sie? Ihre Hand rutschte etwas ab, und er fing sie auf. So viel wie sonst auch, sagte er. Haben Sie die Leute zwischen den Büschen gesehen? Es gab schon am Brenner Hunderte, auf einem Bahnsteig.

Ich habe nichts gesagt, ich wollte Sie nicht vom Fahren ablenken. Ist der Wagen abgeschlossen? Reither sah über die Haarpracht der Wagenbesitzerin, die Türen waren zu, aber der Parkplatz hatte sich auch etwas gefüllt, es standen andere Autos in der Nähe; und die Wohnmobilleute hatten inzwischen ein Auge auf alles, sie saßen auf Campingstühlen neben ihrem Gefährt, ein Mann und eine Frau in Trainingsanzügen. Die Palm stieß ihn leicht an, Worauf warten wir, gehen wir frühstücken.

Und sie gingen quer über den Platz auf die Ladengalerie zu, mit Café-Bars und Imbissen zwischen den Läden, ein Mann mit heraushängendem Hemd und Pullover um die Schultern, eine Hand fast im Rücken der Frau neben ihm; sie beide sah Reither da über den Platz gehen, auf einmal war es ein Plural, er und die Palm, sie gehen dort, gehen vorwärts – procedunt, auch das hatte ihm sein Studienratsvater auf jener Wanderung beigebracht, noch vor amare und seinen Endungen, procedere, vorwärtsgehen, im Gegensatz zu ambulare, spazieren gehen oder bummeln, aber im Grunde war es ein Bummeln. Sie bummelten durch die Sonne zum Frühstück, vor einer Weiterfahrt ohne Ziel, zwei, die sich kaum kannten, Mann und Frau, der Mann etwas älter, immer noch unsicher mit seiner Hand, soll er sie nun in den Rücken der Frau legen, soll er ihren Arm umfassen, soll er ihr die Tür zu einer der Bars aufhalten, ihr den Vortritt lassen, oder soll er das Frühstück besorgen, während sie sich an einem der Tische im Freien schon sonnt? Reither sah sich als Tanzschüler, der seine ersten Schritte macht in dieser Vormittagsstunde, nicht weiß, wohin mit den Füßen, den Händen, den Augen, den man sich vorstellen muss als einen, der es nicht gewohnt ist, sich abgestimmt zu bewegen, dazu noch ohne Tagesziel. Trotzdem gelang es ihm, alles zu besorgen und auf einem Tablett vor die Bar zu bringen, was Leonie Palm gern zum Frühstück hatte, Kaffee, Hörnchen, Obst, ein Ei und den berühmten Schinken-Käse-Toast. Jedenfalls erklärte sie, das alles zu mögen, und er glaubte ihr, weil er es selbst gern zum Frühstück hatte – eine Stärkung ohne ein Wort, so ausgehungert waren sie, so gut taten Kaffee, Ei und Toast in der Sonne, so übermächtig war auch der Plural: sie, die hier saßen und frühstückten, vor sich den neuen Tag. Und nachdem sie geraucht hatten und in den rückwärtigen Räumen der Bar waren, frischgemacht, soweit das ging, zogen sie in das nahe Kaufhaus und besorgten, was für unterwegs noch fehlte, für sie beide Zahnbürsten und eine gemeinsame Zahnpasta, da waren sie sich schnell einig, und für die Palm zwei T-Shirts, Wäsche und eine Jeans, desgleichen für ihn, Reither, bis auf die Jeans; dafür kaufte er noch Rasiersachen und eine Sonnenbrille, das Polizeimodell à la Hollywood, verspiegelt – ihre Wahl, nicht seine. Und danach noch ein Gang durch die Lebensmittelabteilung, dort kauften sie Wasser in großen Flaschen, Brot, Schinken und Käse und guten Rotwein samt einem Korkenzieher. Seine Begleiterin zahlte, nachdem er das Frühstück bezahlt hatte; bei der Kleidung und der Brille hatten sie den Betrag geteilt, auch wenn es etwas zu ihren Lasten ging, dafür setzte sie ihm die Brille auf, als sie ins Freie kamen.

Mensch, Reither, die steht dir! Worte waren das wie herausgestemmt aus einem ganzen Packen ähnlicher Worte, einem Packen, der verklumpt, wenn man nicht auf ihn zurückgreift, wie unbenutzte Gelenke, und auch die paar Worte waren schon Arbeit, ein Schaffen, so, wie Leonie Palm ausatmete, als hätte sie eine Last abgesetzt, und wie sie dann vorauslief, quer über den Parkplatz – auch Sprache erstarrt, die kleinen Sätze, die das Herz weiten. Reither, den Sechserpack Wasserflaschen in der Hand, sah sie mit der Esstüte und der Kleidertüte zum Auto gehen. Er sah sie durch die getönten Gläser mit Armen und Beinen, als käme sie eben aus dem Sommer, sah, wie sie erst das Auto öffnen wollte, dann aber mit den Tüten zu dem Wohnmobil lief, und hörte sie nach ihm rufen, zweimal seinen Namen. Und beim zweiten Mal trat sie schon vor das große Gefährt mit wehender Fahne, und er sah nichts mehr von ihr und begann auch zu laufen, den Gelenken alles abzufordern; er ließ den schweren Sechserpack in Höhe des Autos fallen und lief weiter, vor das Gefährt, und da stand der Besitzer mit einem nervösen Hund an kurzer Leine, nur ein paar Schritte vor einer Familie oder Sippe mit Sack und Pack, zehn, zwölf von den Lagernden im Aufbruch, Nordafrikaner vermutlich, und der Wohnmobilmann im Sportdress, mit Stirnbandflagge sogar, warf dem Ältesten der Gruppe die Worte an den Kopf, die immer lockersitzen, ohne dass der ein Wort verstand. Bloß das Werfen kam bei ihm an, weil er die Augen zusammenzog, und nicht nur der Afrikaner, auch die Palm, als wollte sie gleich dazwischengehen, während er, Reither, erst Luft holen musste, noch abwägen, was hier zu tun und zu lassen wäre, ja, was das Ganze in diesen frühsommerhaften Vormittag Hineingeplatzte überhaupt war – in Büchern auf jeden Fall etwas, das er immer verhindert hatte, die gewollte Handlung, am Ende womöglich mit Schlägerei; nur das Achundkrach bei Bettszenen war schlimmer, außer in der Erinnerung, da gehörte es hin.

Reither – er sah sich da mit aufgerollten Ärmeln, das Haar halb im Gesicht, weil ein Wind ging, und in den Gläsern der Polizeisonnenbrille der Hundehalter in weißem Trainingsanzug gespiegelt – machte der Palm ein Zeichen, still zu sein; dann trat er die Zigarette aus und fragte, was hier los sei, ein Wort zu beiden Parteien, in zwei Sprachen, und ehe der Sprecher der Sippe etwas sagen konnte, sagte der Wohnmobilmann, an Reither gewandt, die hätten nachts das Hundefutter weggenommen, einen ganzen Topf voll, der sei mit Deckel draußen gestanden wegen des Geruchs. Und als der hier – er ruckte an der Leine – jetzt mit uns aufstand und fressen wollte, war nichts mehr da, wie finden Sie das? Er beugte sich zu dem Hund und legte ihm eine Hand ins Maul, er sagte, seine Frau würde gar nicht erst vor die Tür gehen, um sich das Schlachtfeld hier nicht ansehen zu müssen, und Reither fragte, ob er sich zuhören würde – kein Heldenwort, aber ein Wort, eins, das nicht stehenblieb. Der Besitzer von Wohnmobil und Hund machte eine Kopfbewegung hin zu der Gruppe, Die kommen alle zu uns und holen sich dann, was sie brauchen, wollen Sie das? Er gab dem Hund mehr Leine, und der drängte gleich auf die Afrikaner zu, und Reither nahm der Palm die Lebensmitteltüte ab. Er holte den Wein und den Korkenzieher heraus und gab die Tüte an den Sippenältesten – nichts, das er sich überlegt hätte, es erschien ihm nur sinnvoll und geschah einfach oder geschah, weil es sinnvoll erschien, wie es für den Wohnmobilmann Sinn machte, sich einen Hund zu halten und gegen alles zu sein, was ihn und den Hund und das Wohnmobil und die Frau darin bedrohte; was man für sein Leben als sinnvoll erachtet, ist auch sinnvoll, in dem Punkt gibt es keine Irrtümer, nichts, das korrigiert werden könnte. Also nahm Reither seine Mitreisende am Arm und verließ das Terrain, Ende der Szene, abgesehen davon, dass der Spendenempfänger dem Spender noch nachlief, um ihm zu danken, aber auch Geld zu erbitten, das war schon am Auto, und Reither riss den Sechserpack auf und gab dem Nordafrikaner drei Flaschen statt Geld, damit war es gut, damit reichte es, wie man sagt; die übrigen Flaschen kamen auf den Rücksitz, ebenso der Wein, ein Barolo, und die Kleidertüte, dann ließ er schon den Motor an.

Und Minuten später waren sie auf der Autobahn Richtung Modena, die Palm mit bloßen Füßen auf der Ablage über dem Handschuhfach, und er, Reither, mit beiden Händen am Steuer, eine Zigarette im Mund, die beste seit langem, ohne das Gefühl, allein zu rauchen, obwohl nur er rauchte und seine Beifahrerin ganz damit beschäftigt war, aus dem Fenster zu sehen, auf alles, an dem sie vorbeikamen, ganze Felder mit Weinstöcken und braches Land zum Verkauf, dazwischen verlassene Gehöfte, gestrüppumgeben, und Gewerbehallen mit Fassaden wie Tempel; dann wieder flaches Land, kaum ein Baum, und nah der Autobahn manchmal ein Ort mit schlankem Kirchturm, seine Spitze in der Sonne funkelnd; und erneut Felder, viel Mais, und vermehrt kleine Kanäle und Flüsse, seitlich Erlen oder Schilf, und schließlich ein breiter Fluss mit Sandinseln. Der Po, sagte Reither, und Leonie Palm sagte Ach, voller Erstaunen, dass es ihn wirklich gab, diesen Fluss mit dem so kurzen, schönen Namen, und Reither nahm ihre Hand, und sie nahm seine – wie schwer man es auseinanderhalten kann in solchen Momenten. Fest stand nur, dass sie sich an der Hand hielten auf der langen Brücke über den Po, und dass sie Richtung Modena und Ravenna fuhren, auch wenn vom Meer die Rede gewesen war, bei ihr, nicht bei ihm; sie wollte dorthin, als sei das Meer ein Ort, wo es doch nur ein Begriff war, eine Idee, der einzelne Küstenabschnitt schon eher ein Ort, und das war der Weg zur Küste, der nächstgelegenen. Und ebenso fest stand, dass sie ohne Eile, ohne Ziel unterwegs waren, in den sonnigen Tag hineinfuhren, letztlich auch eine Art Bummeln, ambulant hieß das wohl – die Einzahl, sie hatte sich in Luft aufgelöst. Fahren wir einfach an der Adria entlang, sagte Reither. Und wo's uns gefällt, da verbringen wir die Nacht.

Er kannte die Strecke, er kannte sie nur zu gut, auf dem ersten Stück sah man das Meer gar nicht, wenn es Richtung Süden ging, auf Ancona zu. Und auch wenn man die Autobahn verließ, eine der kleinen Stichstraßen nahm und neben Kanälen mit Brücken und Hängenetzen zu irgendeinem Lido fuhr, sah man auch dort bei Ebbe kaum das Meer, nur Schlick und in der Ferne ein Glitzern. Nein, sie müssten schon weiter, über Ancona hinaus, um an Sandstrände mit Wellen zu kommen, oder noch weiter, wenn sie das pfauenfarbene Wasser an Felsküsten wollten. Du kennst dich aus, ich nicht, sagte die Palm, und er fuhr wieder mit beiden Händen – was hieß schon sich auskennen, wenn man kaum wusste, wer der andere war, höchstens, dass er es war, dass es ihn gab, und da löste sich noch ein Bruchstück von jener Wande-

rung mit väterlichem Lateinunterricht, amavero – einzige
Futurform, die er sich doch gemerkt hatte auf dem Rückweg vom Hinterwaldkopf, Futurum zwei, junger Mann,
ich werde geliebt haben.

7

Erinnerungen sollten wie Abschnitte in einem Handbuch sein, nur dazu dienen, in bestimmten Situationen die richtigen Worte in richtiger Reihenfolge zu sagen, aber es sind Einflüsterungen, die einen betören oder mit Schmerz erfüllen oder beides. Du kennst dich aus, ich nicht, das hatte schon Christine gesagt, vor ihrer ersten gemeinsamen Nacht, nicht weil sie unerfahren gewesen wäre – sie war Anfang zwanzig, eine Schauspielschülerin, die jeden Lehrer mit einer Flüsterstimme aus dem Konzept brachte –, sondern weil sie ihm mit seinen dreißig Jahren und tausend gelesenen Büchern in der Liebe mehr zugetraut hatte, eigentlich alles, sogar dass er sie glücklich machte.

Reither fuhr auf der linken Spur, etwas schneller als erlaubt. Zwischen Modena und Ravenna hatte der Verkehr nachgelassen, vielleicht lag es an der Mittagszeit; die Sonne stand hoch, nur die Zehen der Palm an der Frontscheibe bekamen das Gleißen ab. Auch eine Freundin aus frühen Jahren, mit ihm in der Buchhändlerschule, eine der zwei oder drei, die während des Unterrichts nicht gestrickt hatten, war dort gern mit ihren Füßen, auf dem Schoß die Straßenkarte, lange bevor eine sture Stimme sture Sätze sagte, jetzt links halten, nach Möglichkeit bitte wenden, im Kreisel die dritte Ausfahrt nehmen. Stattdessen hatte sie, die etwas lispelnde Marion, gesagt, wie er fahren soll, unvergessen die ganz vorn im Mund gezüngelten S-Laute, und er hatte ihre Beine gestreichelt – nein, Erinnerungen sind keine Abschnitte in Handbüchern, es sind auch nicht nur Einflüsterungen. Viel eher sind es Splitter, auf die man barfuß im Dunkeln tritt, weil man vergessen hat, dass etwas zu Bruch gegangen ist, sich an den Wein erinnert, nicht an das Glas, das zu Boden fiel. Reither ging vom Gas, er beugte sich zu seiner Beifahrerin, Bald kommt die Abzweigung nach Ravenna, vorher müssen wir eine Entscheidung treffen. Wir können dort in der Nähe ans Meer fahren, es gibt ein paar Orte, oder wir können hier immer weiterfahren, bis die Küste aussieht wie eine Küste, aber darüber kann es leicht Abend werden.

Dieser Hund vorhin, sagte Leonie Palm, und sie sagte es, als hätte er gerade gar nichts gesagt, das war ein Jack Russell, wir hatten auch einen, der Hund, der vor ein Auto lief. Es sind gute Tiere, sie können sich ihre Herrchen nicht aussuchen.

Hätte ich mich anlegen sollen mit dem Herrchen?

Wie weit kämen wir, wenn wir bis zum Abend fahren?

Mit einer Pause bis nach Pescara.

Und ist das eine schöne Stadt?

Es gibt schönere am Meer.

Zum Beispiel?

Zum Beispiel Bari, das ist noch ein ganzes Stück.

Was heißt ein ganzes Stück, wie lange?

Drei Stunden von Pescara. Wenn alles gut geht.

Warum fahren wir dann nicht bis Bari?

Warum beantworten Sie meine Frage nicht?

Weil es nur eine Scheinfrage war. Hätte ich mich anlegen sollen mit dem Herrchen – wozu? Damit der Kerl noch mehr schäumt? Die Palm streckte sich in ihrem Kleid, als wollte sie schon Arme und Beine für die Fahrt lockern, sich einstellen auf die Stunden im Auto, und Reither sagte, Gut, warum nicht bis Bari, aber mit Pause hinter Ancona, ja? Er nahm sich eine Zigarette und machte sein Fenster auf; die hereinziehende Luft war schon mild oder fühlte sich so an, letztlich dasselbe, aber er hätte es gern unterschieden: Wie warm war es tatsächlich, und wie warm war es ihm, das wäre dann ein Anhaltspunkt, ob ihm etwas den Kopf verdreht hat – eine der Wendungen, die man in Büchern jüngerer Schreiber schon vergeblich suchte, als käme es auch nicht mehr vor, dass einem der Kopf verdreht wird. Von anderen Wendungen gar nicht zu reden, sein Herz verlieren, auf Wolken schweben, Feuer und Flamme sein, den Himmel auf Erden erleben, und was inzwischen sonst noch dem Schlager und evangelischen Pfarrern überlassen bleibt. Im Übrigen sah er nicht eine Wolke, es gab nur ein paar ferne Schleier auf seiner, der Fahrerseite, zu dünn, um auch nur gedanklich darauf schweben zu können, wie feiner Nebel, und demzufolge tauchte auch bald das Meer auf; hinter einem Küstenstreifen aus welligem Grasland erstreckte es sich in tiefem Blau. Da, schau, das Meer, sagte er, aber die Beifahrerin hörte ihn gar nicht. Leonie schlief – zwei Worte wie eine eben erfundene oder eine vom Himmel gefallene Wendung, Leonie schlief. Es ließ sich gut damit fahren, wie mit leiser Musik, und einmal sagte er es sogar vor sich hin, Leonie schläft, das war schon auf der Höhe von Ancona, als die Sonne fast wieder ins Auto schien, jetzt seitlich von rechts oder Westen.

Und kurz hinter Ancona bog er in eine Tankstelle und stoppte unter dem Vordach, sanft, damit die Schlafende nicht etwa aufwachte.

Ein Mann kam ans Auto, er füllte den Tank auf, wo gab es das noch, und Reither bezahlte auch gleich an der Zapfsäule, dann parkte er den Wagen neben dem Eingang zur Imbissbar, geschützt von der Betriebsamkeit dort, dazu noch im Schatten. Ich geh mich rasieren, schlaf weiter, sagte er über die Palm gebeugt, ein absurdes Wort, weil sie ja schlief, mit leicht offenem Mund, ohne dass es etwas Entgleistes hatte, nur etwas Kindliches, und er nahm das gekaufte Rasierzeug und ging in den Toilettenbereich der Bar. Dort gab es einen Waschraum mit einer ganzen Reihe von Becken, auch ein anderer, Fernfahrer vielleicht, begann sich gerade zu rasieren, ein konzentriertes Tun vor dem Spiegel. Reither, Schaum an Wangen und Kinn, sah mal zu dem anderen Mann, weit jünger als er, noch mit schwarzen Stoppeln, mal in das eigene Gesicht, wie es sich herausschälte, je mehr Schaum er wegstrich, je mehr von dem grauen Film an Wangen und Kinn und Oberlippe verschwand. Zwanzig Jahre mochte es dieses Gesicht noch geben, seine wachen Augen, die deutliche Nase, den Mund, wie geschaffen für eine Zigarette zwischen den Lippen, dann würde alles binnen Tagen erschreckend werden, fleckig, aufgedunsen, allein das Haar würde sich halten, wie eine Perücke. Er wusch sich noch und kämmte das Haar mit den Händen, der andere Frischrasierte lächelte ihm über den Spiegel zu – nun können wir uns wieder sehen lassen, auch du in deinen Jahren noch.

Reither nahm das Rasierzeug, er ging in die Imbissbar mit langer Theke und Stehtischen und einem Ladenbereich mit allem, was sich in ein Auto packen lässt, von Spielsachen über Felgen bis ballonartigen Tüten voll Süßigkeiten. An der Theke drängten sich Leute, auch um die Stehtische, nur an einem war noch ein Platz, freigehalten für ihn; dort stand Leonie Palm, wie eben aus dem Bett gekommen, aufgestützt mit den Ellbogen. Vor ihr auf dem Tisch dampfte es aus zwei Bechern, dazwischen lag auf einem Pappteller eine Pizza, und sie löste für ihn gleich ein Stück, das vom Schlaf zerdrückte Haar fiel ihr ins Gesicht, zwischen den Haaren ein Blick zu ihm – er hätte beschwören können, nie eine jüngere erwachsene Frau gesehen zu haben. Männer träumen gern beim Rasieren, sagte sie, ich dachte schon, ich müsste hier ganz allein essen. Und kann ich ab jetzt Julius sagen? Julius, ist das die richtige Pizza?

Bleiben Sie lieber bei Reither. Bleib dabei.

Und ist das die richtige Pizza, Reither?

Es ist sogar genau die richtige Pizza.

Und tun wir auch das Richtige?

Im Moment ganz sicher! Ein Ruf gegen den Lärm in der Bar, und dann aß er seinen Teil der Pizza und trank den Kaffee, versuchte nur zu tun, was sie tat, und sah dabei auf ihre Hände, ihre Finger, wie sie die Stücke hielten, ihren weichen Boden rollten und sich den Bissen in den Mund legten, wie sie Käsefädchen von den Lippen zogen. Und kaum war die Pizza gegessen, nahm er eine dieser Hände für einen Gang durch den Ladenbereich. Sie kauften noch einmal Brot, Schinken und Käse und sogar ein Glas mit eingelegten Artischockenherzen, Nur für alle Fälle, erklärte er an der Kasse, aber welche Fälle das wären, hätte er nicht erklären können, als sie wieder ins

Freie traten, immer noch Hand in Hand. Rauchen wir eine, und ich fahre dann noch ein Stück, sagte er und ließ die ja eigentlich fremde Hand los, der erste passende Moment dafür. Sie gingen zum Auto, und dort rauchten sie, die Palm mit dem Rücken an der Haube, er vor ihr stehend, zwischen ihm und ihr die Einkaufstüte, ein raschelnder Puffer. Beide trugen sie ihre Sonnenbrillen, also gab es keine Blicke in die Augen, nur auf Kleinigkeiten an der Oberfläche, den Lippenspalt, das Stirngekräusel, die Schläfenader – nichts, das einem gesagt hätte, wer man ist, nur dass man ist. Und kaum waren die Zigaretten geraucht, setzte sich Reither wieder ans Steuer, für eine Fahrt in die Richtung, in die er nie mehr hatte fahren wollen.

Hinter Ancona ging es weiter am Meer entlang, auch wenn das Meer mal hinter Landzungen verschwand, mal nur aufblitzte zwischen grünen Hügeln; dann aber lag es wieder offen da, davor höchstens ein Streifen Ödland, niedere Büsche und Dünen, ab und zu ein verlassenes Haus, als sei das nichts: der Blick auf ein metallisches Blau bis zum Horizont – die Adria, auch eine Frau könnte so heißen. Reither fuhr mit einer Hand, die andere auf dem Schaltknüppel, obwohl es nichts zu schalten gab. Wollen wir Musik hören? Eine Frage gegen die Stille im Wagen, nicht weil ihm nach Musik war, eine Stille, als hätten sie Streit gehabt. Leonie Palm tippte an seine nahe Hand, früher oder später musste das passieren bei der geringen Distanz, wie auch noch anderes passieren würde, wenn die Fahrt so weiterginge, bis in den Abend, bis in die Dunkelheit. Was für Musik, meine alten Kassetten? Die Wagenbesitzerin – auf einmal sah er sie wieder so – machte das Handschuhfach auf und begann, alles herauszuholen, was darin verstaut war, und hielt es in die Höhe, damit er einen Blick darauf werfen konnte, auf Stadtpläne und Quittungen, Kugelschreiber und kleine Blocks und das Smartphone, von dem sie gesprochen hatte, das tat sie auf die Mittelkonsole; dann holte sie Taschentücher hervor und lose Tabletten, nur ihre Einschweißung, nicht die Schachtel, und wohl ein Dutzend alter Musikkassetten; fast aus jeder hing etwas von dem dünnen Band, zu Löckchen gedreht, und sie nahm die Kassette mit der längsten Girlande, sogar das Bandende hing mit heraus, und sah auf das handgeschriebene Etikett. Best of Paul Anka, wollen wir das hören?

Ja, aber so wird es kaum funktionieren.

Oder man öffnet das Gehäuse und wickelt das Band wieder auf. Es wäre schade um die Kassette.

Warum? Reither zog etwas an der Bandgirlande. Hast du die Lieder mit deinem Mann gehört?

Vor meinem Mann. Das mit uns ging nur drei Jahre. Als wir heirateten, war ich achtundzwanzig. Und Paul Anka hört man mit achtzehn. Ich kann es reparieren, das Band, dann hören wir es, wenn es Abend wird. Wo sind wir jetzt?

Bald in Pescara, sagte Reither, auch wenn es noch fast hundert Kilometer waren, auf einem Abschnitt, der wegführte vom Meer, durch kaum besiedeltes Land zwischen kahlen Hügeln; weit im Hintergrund Berge, ebenfalls kahl, die Kuppen in der Nachmittagssonne und auf vorgelagerten Anhöhen kleine gedrängte Orte, wie Ruinen aus der Ferne. Er erinnerte sich gut an den Abschnitt; wenn das Meer wieder auf seiner Seite zu sehen war, kam tatsächlich bald Pescara. Und man war dann schon weit

– das Weissachtal, wie sehr es hinter ihm lag, ebenso der gestrige Tag. Kaum noch zu glauben sein Spaziergang über Felder und durch verschneiten Wald, eigentlich erfüllend, nur hatte er nicht das Ganze gesehen, die Natur, er sah Einzelheiten, einen verlorenen Handschuh etwa oder Reifenspuren, auch einen geknickten Baum, wie das Harz aus einem unziemlichen Spalt trat. Minutenlang hatte er davor gestanden und am Ende das Harz mit dem Finger berührt und den Finger später in nassen Schnee getaucht, bis alles abgelöst war. Er überholte einen Tankwagen, trasporto di latte, genug Milch, um darin zu ertrinken, er sah zur Beifahrerin. Sie hatte den Kopf im Nacken, die Augen auf und doch zu, als träumte sie vor sich hin, und ein Bild aus dem spanischen Barock fiel ihm ein, verwendet für einen der letzten Umschläge aus seinem Verlag, ein Bildnis der Maria Magdalena, gemalt mit überreifem Mund und himmelwärts gerichtetem Blick aus schönen Augen, und doch gab es da noch etwas zusätzlich Schönes, ohne dass es im Einzelnen vom Maler festgehalten war, ein schwebendes Geheimnis, wie auch in dem Gesicht neben ihm – immer wieder sah er kurz zur Seite – etwas war, für das ihm ein Wort fehlte, ein besseres als schwebendes Geheimnis, als läge genau in diesem Fehlen der Schlüssel zu dem Gesicht.

Seitlich der Autobahn jetzt ein Flusslauf, Sträucher, Kiesel, schillerndes Wasser, rinnsalhaft, und im langen Schatten der Sträucher ein Sammelplatz von Kleidung, wie es im Vorbeifahren schien, bis er Gesichter erkannte, dunkler als der Schatten, und überall Säcke, Bündel und Tüten und in der schon roten Sonne trocknende Wäsche; das Ganze eine Sekundensache, aber weiß man erst einmal, was man sieht, sieht man es auch, wenn es vorbeihuscht. Er überholte noch einen Transport, lebende Hühner, ein einziges Flattern hinter den Stäben, den Gittern, dann ging es in einen Tunnel, kaum beleuchtet, und er musste die Sonnenbrille abnehmen, sich konzentrieren in der Enge, und kaum war der Tunnel zu Ende, tauchte auf seiner Seite das Meer wieder auf, verstörend glatt. Er nahm die Hand von der Schaltung, um mit beiden Händen zu fahren, obwohl die Strecke gerade und frei war. Nach dieser Ehe, sagte er, da warst du noch jung, kaum dreißig. Wen gab es dann noch?

Willst du eine Zahl? Die Palm nahm sich eine Zigarette, sie hielt ihm auch eine hin, aber er wollte jetzt nicht rauchen, er wollte wissen, wer da mit ihm verreiste, ohne dass es ein Ziel gab, mit wem er in den Abend fuhr, nun schon in der Gegend von Pescara, ziemlich weit für einen Tag und doch die Distanz, um noch weiterzufahren bis Bari, dort könnten sie vielleicht noch in der Altstadt etwas zu essen bekommen, eine schöne kleine Altstadt, halbrund am Meer mit gewundenen Gassen. Eine Zahl, ja, darauf läuft es hinaus, sagte er und überholte jetzt eine ganze Kolonne, während seine Beifahrerin das Handschuhfach wieder einräumte; am Ende hatte sie nur noch die eine Kassette samt der Bandgirlande im Schoß, mit ihrem Buch als Unterlage. Gut, eine Zahl. Es waren vier. Aber nur einer war von Bedeutung, er ist vor ein paar Jahren gestorben. Und der letzte wurde vor die Tür gesetzt, er dachte, ein Hutladen werfe Geld ab, er hat sich sogar nach den Tageseinnahmen erkundigt. Mehr ist nicht zu sagen, Reither. Und ich will keine Zahl hören.

Mehr als eine Bitte war das, fast schon ein Befehl, und

als ließe sich damit ein Schlussstrich unter das Thema ziehen, holte sie ein Taschentuch aus dem Handschuhfach und wischte das heraushängende Band vorsichtig ab. Danach öffnete sie die flache Kassette mit einem knackenden Geräusch, und man sah die zwei kleinen Spulen, eine leer, die andere zur Hälfte gefüllt, und auch von ihr löste sich das Band gleich, ein Aufquellen, und ergoss sich förmlich über den Gehäuserand. Das Ganze erschien Reither jetzt hoffnungslos, da reichte ein Seitenblick, aber Leonie Palm wischte auch all die inneren Teile noch sorgfältig ab und warf das Taschentuch anschließend aus dem Fenster, er sah es für Momente im Rückspiegel – wie ein verletzter weißer Vogel, eine Möwe, überschlug es sich in der Luft, wurde hochgerissen und wehte über die Gegenspur und landete im Schwemmland neben der Autobahn. Immer noch ging es am Meer entlang, auch wenn es manchmal hinter kleinen Hügeln oder Buschwald verschwand, aber nach Pescara verlor es sich allmählich im frühen Abend, als grau in grau, während rechter Hand, im Westen, die Landschaft noch Licht hatte, von Feldern roter Wolken und Wölkchen bis zum Horizont, als wären am Himmel Weinflaschen zerplatzt.

Und Bari, ist das schön?

Eine plötzliche Frage, recht nah am Ohr, seine Beifahrerin hatte sich im Sitz zur Seite gedreht und auch etwas zu ihm gebeugt. Ja, sagte er, die Altstadt ist sehr schön.

Wenn man zu zweit durch Gassen läuft, nehme ich an. Du und die Frau, die schwanger war?

Wir waren dort, das stimmt.

Und jeder wollte das Kind noch.

Zu dem Zeitpunkt, ja – Reither drückte aufs Gas, und

die Palm widmete sich wieder dem zu kleinen Locken geringelten Band in ihrem Schoß. Das Kind dann nicht mehr zu wollen war einer der Fehler meines Lebens, sagte er beim Überholen, damit es gesagt war, einmal wenigstens gesagt; er blieb auf der schnelleren Spur und versuchte, seine Gedanken zu ordnen, wenn es Gedanken waren, oder wie konnte man denken, wenn man eigentlich nur seinen Kopf an den des anderen legen wollte – was hatte er damals nicht alles hin- und hergewälzt und für Denken gehalten, bis hin zu der alten Geschichte, dass nie geboren zu sein vielleicht das größte Glück sei, aber schon das Wort Sein war falsch, wie man auch nicht tot sein kann; das Glück und das Unglück beginnen mit dem ersten Tag, an dem man sich fragt, ob man eigentlich gern auf der Welt ist. Diese Kassette, sagte er, soll die wirklich repariert werden?

Leonie Palm hielt das verdrehte Band hoch. Ein Stück ist schon aufgerollt, Put Your Head on My Shoulder.

Das weißt du?

Das fühle ich, Reither. Zwischen den Fingern. Und kann es sogar leise hören, als Nächstes kommt Lonely Boy, willst du mitsingen? I'm just a lonely boy, lonely and blue, I'm all alone, with nothin' to do, und fast hätte er mitgesungen, ein Gesumme war es auf jeden Fall. Was ist noch auf dem Band?

All die schönen Sachen. Diana. You Are My Destiny. Crazy Love. Don't Ever Leave Me. Ich kann es nur ganz langsam aufrollen, sonst rutscht es wieder von der Spule. Aber bis Bari ist es getan. Wenn du ruhig genug fährst.

Und Reither überholte noch einen Bus und hielt dann die Geschwindigkeit, oft gar nicht so leicht; die Lichter vom Gegenverkehr blendeten schon in den Kurven, es war Abend geworden, und die Strecke war alles andere als gerade. Leonie – auf einmal sah er sie so, Leonie bei ihrer Restaurierung – hatte die Sonnenblende heruntergeklappt und das kleine Licht darin angeknipst. Ganz für sich war sie über ihre Arbeit gebeugt, und er stellte sich kommende Abende mit ihr vor, wenn sie beide, jeder in seiner Ecke, mit etwas beschäftigt wären, sie mit einem Buch, er mit einer Bastelei, oder umgekehrt: Sie werkelt an einer Lampe, das traute er ihr zu, er blättert in seiner Zeitung, die es bald nicht mehr geben wird, und allmählich schweigen sie sich fest, wie schnell kann das passieren, wenn jeder seinen Kopf hat, bis man durch einen Blick, eine Geste, einen Seufzer des anderen die eigenen Dinge fallen lässt, ja überhaupt sich fallen lässt. Und Minuten später liegen sie wie verknotet da, und am Ende presst sie ihr Gesicht an seins – dachte er das, oder ging es ihm durch den Kopf, wie Reste eines zerstörten Traums? Er überholte zwei Lastwagen, danach war die Strecke ein gutes Stück frei, er konnte sich einen Blick zur Seite erlauben, auf Hände, die das dünne Band um eine der Spulen legten, und Augen, die das Tun verfolgten, auf einen Mund, der etwas aufstand, die Lippen gezogen wie von einem Zeichner, der zwischen Mann und Frau keinen Unterschied macht.

Immer wieder sah er zur Seite und fuhr dennoch so ruhig wie verlangt, vorbei an Termoli, vorbei an San Severo; er ließ Foggia links liegen und später auch Trani mit seinem schönen Hafenrund. Wenn die Strecke gerade verlief, hielt er das Steuer nur mit den Knien und tat höchstens, als würde er noch mit einer Hand lenken; die andere, ganz freie Hand legte er auf die Schulter neben seiner, eine Schulter, die schon auskühlte, seit die Jacke abgelegt war, ein Grund, sie eine Zeitlang zu reiben. Dann zog er die Hand wieder weg, damit die Schulter sie vermisste, auch wenn eine Schulter nichts vermissen kann; erst nach einer Weile legte er die Hand erneut auf die immer noch fremde Haut und das, als Leonie gerade von vorn anfing, weil sich das Band wieder von der Spule gelöst hatte. Also wurde es ein tröstendes Schulterreiben, bis noch einmal etwas aufgerollt war von der Musik aus alten Zeiten, und schneller als gedacht, ging es auf Bari zu, nah und näher am Meer entlang.

Reither öffnete sein Fenster und zeigte auf die dunkle Fläche, Sieh nur, das Meer! Aber die Palm sah nicht auf, sie hatte es fast, ein letztes Stück war noch einzufädeln, über die winzige Schiene unten am Gehäuse, damit das Band dort abgetastet werden konnte, sein feines Magnetfeld, und dann war es geschafft, dann waren beide Spulen verbunden, sie musste die eine nur drehen, um von der anderen etwas abzurollen, bis das Band fest genug saß. Jetzt wünsch uns Glück, sagte sie und schloss die Gehäusehälften mit leisem Knacken und drehte an den Zahnrädchen einer Spule, und die andere drehte sich mit. Die Reparatur war gelungen, und sie machte das alte Autoradio mit Rekorder an und schob ihr Werk mit einer Fingerspitze in den Kassettenschlitz und wollte auf Play drücken, aber Reither hielt ihr die Hand fest, er sah auf die Uhr, die sie trug. In den Lokalen gibt es nach elf nichts mehr, sagte er. Und in der Stadt wird schon alles dunkel um die Zeit. Und ein Hotel für ein paar Stunden lohnt sich auch nicht. Was tun wir also?

Was wir den ganzen Tag schon getan haben – weiter-fahren. Ich kann dich ablösen, halt irgendwo an.

Jetzt nicht, später – Reither hielt eine Hand aus dem Fenster; Geruch nach Tang und Kerosin zog in den Wagen. Im Schein von Industrieanlagen, einer Raffinerie wohl, bogen sich einzelne Palmen, ihre Wedel im Wind, einem so warmen salzigen Wind, dass man den Mund für ihn aufsperrte – er sperrte ihn auf, und auch seine Beifahrerin, ja, sie beugte sich herüber, um den Wind mehr zu spüren, und zeigte entschlossen in Fahrtrichtung, als die Abzweigung nach Bari kam. Dann legte sie den Kopf an seine Schulter, als hätte es nur mit der Schwerkraft zu tun, und er fuhr an den fernen Lichtern der Stadt vorbei, entlang an ihren nahen Rändern, einem Ineinander und Nebeneinander aus Brücken und Baustellen, aus neuen Fabrikhallen und schon eingestürzten, bis die Lichter immer weniger wurden auf seiner Seite und neben der Strecke bald nur noch Halde und Gestrüpp waren, gleich dahinter ein dunkles Glänzen – wie Seide wäre schon zu viel gesagt, auch wenn es ihm so vorkam, das Meer als dunkles Seidentuch. Immer noch lag der Kopf an seiner Schulter, überaus warm, und das Haar der Palm kitzelte ihn am Ohr, wenn es aufwehte. Hat je eine Frau über das Meer geschrieben, fragte sie, so, als hätte man über das Meer und das Schreiben schon eine Weile geredet. Ja, zum Beispiel die Duras, sagte er – Das Meer ist das, was man nicht sieht. Recht nüchtern für eine Trinkerin. Und von Männern bekam ich nie das Meer ohne Mythen auf den Tisch, später fielen sie aus allen Wolken, wenn ich deutlich wurde: Keine Aphrodite, die aus einer Muschel steigt, wir sind nicht im Zirkus! Frauen schreiben offener als Männer, werden nur von den eigenen Sätzen oft mitgeschleift. Männer schreiben mit mehr Übersicht, oft auch nur mit Übersicht. Rede ich zu viel? Hast du Hunger, bist du müde, soll ich doch ein Hotel suchen?

Vier Fragen, wie er sie lange nicht mehr gestellt hatte, und wohl noch nie mit seiner Hand an einer Wange, die so neu für ihn war, eine so neue kleine und doch ganze Welt wie der erste Busen, auf dem seine Hand lag, er voller Bangen, sich damit unmöglich zu machen, und das in der Eisenbahn, mit der er unter der Woche täglich nach Freiburg fuhr, um das Gymnasium zu besuchen, und wieder zurück über die Stationen Wiehre, Littenweiler und Kappel, dann kam der längste Abschnitt bis nach Kirchzarten, acht, neun Minuten, und in der Zeit hatte er es im Abendzug, hinten im letzten Wagen, geschafft, einer aus seiner Klasse, Astrid Hein, eine Hand auf die herzseitige Brust zu legen, so weich und warm wie die Wange von Leonie Palm, und das Wunder auf dieser Zugfahrt war, dass sich eine andere Hand bejahend auf seine gelegt hatte, fast ein Gedränge unter dem Nicki, wie ein besonders samtiger, elastischer Pullover zu der Zeit hieß – ein Wunder, das sich jetzt nach fünfzig Jahren wiederholte, ohne Gedränge. Lass uns die nächste Ausfahrt nehmen, sagte die Palm, egal, wo sie hinführt. Im Kofferraum liegt eine Decke, unter den Warnwesten. Die alte Decke von meinem Hund, ich habe sie nie weggeworfen.

Sie hatten also eine Decke, das war hilfreich – Reither fuhr jetzt auf der rechten Spur, um keine Ausfahrt zu verpassen, nur war es eine Gegend ohne Orte, ohne Lichter, folglich auch ohne Ausfahrten, er erinnerte sich an den Abschnitt; zu beiden Seiten der Autobahn waren hier alte Olivenpflanzungen, die Bäume eher knorrig geduckt als groß, wie ein Wald, der bei Dunkelheit schrumpft; wenn es Baumgeister gab, fand man sie hier, in den Oliven, auch tagsüber, in einem Zitterlicht von all den Blättchen, Abermillionen in leichter Unruhe, obwohl kein Wind ging. Und dann kam doch ein Hinweis auf eine Ausfahrt, er trat auf die Bremse und holte einen Zwanziger- und einen Zehnerschein aus der Hemdtasche, bald müsste er Geld ziehen. Er überschlug, was noch auf dem Konto war, als es schon auf die kleine Mautstelle zuging, mit nur einer Kassenbox in fahlem Licht – viertausend vielleicht, sein Puffer vor der eisernen Reserve. Er zahlte für die ganze Adriastrecke, ein Mann reichte stumm das Restgeld, und die Schranke ging auf, und schon kam man auf eine Straße mitten durch den Olivenwald.

Reither stellte das Fernlicht an, gleich lag alles vor dem Wagen in hellem Silberweiß, sogar ein Stück weit die Bahnen zwischen den Bäumen, ihre Äste in krummen Bögen gewachsen, wie verkrampfte Finger über den Stämmen. Und er sah, dass eine der Bahnen breiter war, ein von der Straße abgehender Weg für Erntefahrzeuge, er bremste und schaffte es noch, dort einzubiegen. Es war ein unbefestigter Weg mit vielen Fußabdrücken, vereinzelt gab es große Pfützen, die er im Schritttempo durchfuhr, das Fenster ganz auf; die Luft war warm, wie unter dem Gezweig noch vom Tage erhalten, dabei leicht herb, ein Geruch nach feuchter Rinde. Der Weg führte zu einer Kreuzung mit einem anderen Weg, auf eine fast runde Lichtung; dort lagen Plastikflaschen neben aufgeweichten Kartons, und es gab eine Feuerstelle, rußige Steine in einem Ring um schwarzes Holz, darin etwas wie eine

Schublade, halb verbrannt nur. Reither fuhr hinter die Feuerstelle, wo ihm der Boden etwas fester erschien, er machte den Motor aus. Wie geht das Verdeck auf? Mit zwei Fingern strich er über die Knöpfe neben dem Radio, Leonie Palm nahm seine Hand, den Zeigefinger, sie hielt ihn an einen Schalter, und schon klappte knirschend und ruckend das Verdeck zurück und gab einen Himmel mit Sternen wie funkelnde Klumpen frei. Wenn wir hier übernachten, Reither, kann mich morgen keiner mehr anschauen. Es gibt nicht einmal Wasser zum Waschen.

Aber es muss Wasser geben, eine Bewässerung, weil hier im Sommer wochenlang kein Regen fällt. Soll ich es suchen? Reither stieg aus dem Wagen, er ging ein Stück in den zwerghaften Wald, einem leisen Plätschern entgegen, und dann sah er schon einen Bewässerungslauf, an einer Stelle provisorisch gestaut, mit Steinen, mit Lumpen, mit Zweigen. Aber der kleine Damm war an der Krone gebrochen, daher das Plätschern. Es war ein Waschplatz, so aufgegeben wie das Tageslager mit der Feuerstelle. Er ging zum Auto zurück, nun tatsächlich ein Cabrio, er sagte, was er gesehen hatte, und sie holten die Decke aus dem Kofferraum und packten die Lebensmittel aus. Reither öffnete den Wein, leider fehlten Gläser, die hätten sie mitkaufen sollen, also tranken sie aus der Flasche, und der Wein hielt dem stand. Sie teilten das Brot, den Schinken, den Käse, die eingelegten Artischockenherzen, sie teilen die wärmende Decke, zwischen sich nur die Mittelkonsole; ein stummes Essen und Trinken, so, als müssten sie Tage davon zehren. Rauchen wir noch eine, sagte Reither, als die Flasche fast leer war.

Auch die Zigaretten gingen bald aus, vier Päckchen

gab es noch in einem Trümmer von Stange, er nahm eins und öffnete es, klopfte zwei Zigaretten hervor, die Palm bediente sich. Er gab ihr Feuer, sie schützte die Flamme samt seiner Hand und irgendwie auch ihn, nicht sein Leben, das ließ sich nicht schützen, aber das Dasein in dieser Nacht, ihr gemeinsames Rauchen, eine Hand über der Decke, eine darunter, zwei also unter der Decke. Wie hieß der Hund, dem die Decke gehört hat?

Mein Hund, der hieß Billie.

Und deine Tochter?

Ein Wind kam auf, für Momente nur, aber schon bewegten sich Millionen von Blättchen, und es sah sogar aus, als würden die Sterne zittern. Lass meine Tochter, sie hieß, wie sie hieß, ihr Vater hatte den Namen gewollt, dann verschwand er und stand nie dafür gerade. Wie hieß deine erste Liebe?

Das ist lange her, fast ein Menschenleben. Astrid.

Wie unsere Aster. Sie ist in Sizilien gelandet, mit all den anderen im Boot, ist das noch weit von hier, Sizilien?

Wenn wir den ganzen Tag fahren, wären wir da.

Bei Catania soll sie gelandet sein, nach elf Tagen.

Sagt die Bulgarin – Reither warf die Zigarette in die Feuerstelle. Er beugte sich zur Seite, mit der Nase in das Haar, das nach der langen Fahrt roch, nach Mensch und irgendwo auch nach Tier, etwas Lebendigem dazwischen. Leonie Palm schob ihn sachte zurück. Die Bulgarin, die hatte ein Auge auf dich.

Aber sie hat nur ein Fünftel von mir gesehen, den Kopf, den Hals, die Hände. Mehr kennst du auch nicht, unter dem Kragen fangen schon die Hoffnungen an. Wollen wir jetzt die Kassette ausprobieren, ob sie funktioniert? Er zog die Hand unter der Decke hervor und legte sie um Leonies Schulter; sie hatte ihren Pullover angezogen, als er in den Wald gegangen war. Es war ein feiner Pullover, eng um das Schulterrund, nicht ganz so eng am Hals, er konnte gut die Hand darunterschieben. Und wie davon ermutigt, beugte sich die Palm vor und drehte so am Zündschlüssel, dass die Lämpchen in dem alten Radiorekorder leuchteten und auf ihrem Gesicht ein Schimmer lag, als sie ihn fragte, ob man das wirklich riskieren sollte, und er nur ein Ja summte und sie seine Hand nahm, die noch freie Hand über der Decke, damit sie zusammen auf Play drückten.

8

Was hätte er von der folgenden Stunde, oder wie lange so
eine Kassette läuft, erzählt? Dass er und Leonie Palm zu-
sammengerückt waren, schon beim ersten Lied, und er
von da an ihren Kopf gehalten hatte. Und auch sie hielt
seinen Kopf, eine Hand an der Wange; zwei also, die
Kopf an Kopf halb saßen, halb lagen, die Sterne im Blick,
das Zuviele am Himmel, wie eine stille Entsprechung zu
den Dingen im Wagen. Und eigentlich wäre es die Stunde
der kleinen, einander leise erzählten Geschichten von
frühem Kummer und frühem Glück gewesen, einem
Flüstern als Vorbereitung auf das Küssen, aber er, Reither,
hatte versucht, diese Phase zu überspringen, und schon
lag eine Hand auf seinem Mund – Gedulde dich noch, ich
gedulde mich auch, ein erster Kuss gelingt nur, wenn
man sich selbst übertrifft, so weit bin ich noch nicht.
Schlafen wir jetzt? Eine Frage in sein Haar nach dem
letzten Lied, und mit einem Gutenachtwunsch hatte er
sich in ein Stück der Decke gerollt, eine für einen Hund
recht komfortable Decke, und war alsbald in den Bereich
gefallen, den kein Erzähler betreten darf, in einen Schlaf,
beendet erst von der Sonne über den Oliven.

Aber sein Tag begann nicht mit Sonne, er begann mit
einer Hand auf den Augen. Kann ich erst ein paar Dinge
tun, bevor du mich ansiehst, Reither? Wie von weitem
kam diese Bitte, und er nickte nur, und die Palm sprach

von einem Jungen, der hier herumlaufe, und dass sie ein Foto von ihm gemacht habe mit dem Smartphone, Stell dir vor, ich konnte es, sagte sie und nahm die Hand von seinen Augen. Reither ließ ihr Zeit, bis er zur Seite schaute, da ging sie schon mit ihrer Tasche in Richtung des Wasserlaufs, nur das kleine silbrige Gerät war auf dem Sitz geblieben, und als er den Kopf hob, sah er den Jungen, über die Feuerstelle gebeugt, als suchte er etwas. Es war ein Junge von zehn oder elf, dem Aussehen nach aus der Gegend. Wie heißt du? Eine Frage in der Landessprache, aber der Junge schien vor sich hin zu träumen, gar nichts zu hören, und er stieg aus dem Wagen und besah sich das angebrannte Teil in der noch feuchten Asche, tatsächlich eine Schublade, als Umschlagmotiv nicht schlecht, man müsste nur etwas hineintun, wie dort vergessen, vielleicht ein Blatt Papier mit ein paar Zeilen, einer Nachricht, einem Hilferuf, einer Eingebung.

Reither ging wieder zum Auto, er holte einen der Blocks samt Stift aus dem Handschuhfach, dazu das Smartphone, um das Ganze festzuhalten, er legte es auf einen der Steine um die Feuerstelle. Dann riss er ein Blatt aus dem Block und schrieb die paar Zeilen. Kein erster Kuss gelingt, ohne dass man sich selbst übertrifft. Aber wo wären wir ohne etwas Selbstüberschätzung – jeder wäre nur in seinem Gehäuse, ein Flüchtling vor dem Leben! Er legte das Blatt in die Lade und wollte davon ein Foto machen, aber der Junge hatte das Smartphone genommen; er lief damit herum und machte Selfies vor dem Cabrio. Reither steckte sich eine Zigarette an. Er sah dem Jungen zu und rauchte, während Leonie Palm vom Wasser zurückkam, mit nassem, gekämmtem Haar. Sie setzte sich in der offenen Wagentür auf das Trittbrett und hielt die Beine in die Sonne, das Kleid bis zu den Schenkeln gestreift, und Reither kniete sich vor die Feuerstelle, um an dem Papier in der Lade noch etwas zu verändern. Er drückte das beschriebene Blatt mit dem Daumen in das Angekohlte der Lade, er rief nach dem Jungen, dass er ihm das Smartphone bringen sollte, einmal, zweimal rief er nach ihm, bis der Junge es brachte, und Reither fotografierte die Lade mit dem Blatt darin. Er sah sich das Foto an, es war gelungen, und der Junge zeigte ihm das Foto davor, einen knienden Mann mit Zigarette im Mund, vorgebeugt, ein Arm gestreckt, um an einem hölzernen Gegenstand etwas anzubringen; im Hintergrund zwei Frauenbeine. Reither kam vom Boden hoch, er gab dem Jungen alle Münzen, die er noch hatte, und der verschwand damit, als wäre er nie da gewesen. Was ist mit ihm?, rief die Palm, da war das Foto schon gelöscht. Nichts ist mit ihm, sagte Reither, lass uns wegfahren.

Und bis zur Autobahn fuhren sie offen, Mann und Frau im Cabrio, der Mann am Steuer, nichts schob einen schneller ins Jetzt. An der ersten Tankstelle frühstückten sie, ein kleiner Tisch im Freien; sie saßen nebeneinander, und sie bedienten einander, er gab Zucker in ihren Kaffee, sie zog ein knittriges Salatblatt aus seinem Sandwich. Ein großartiges, den leeren Magen in der Sonne füllendes, fast stummes Frühstück; erst bei der Zigarette danach sagte sie, Sizilien also, und er sagte, ja, warum nicht, und machte ihr die Strecke klar, quer durchs Land bis Taranto, später am Meer entlang, dann erneut durchs Land, so hatte er die Karte im Kopf. Wann warst du zuletzt am Meer? Eine Frage, als sie schon im Auto saßen, Leonie

Palm mit seiner Jacke um die Schultern, damit die Fenster aufbleiben konnten. Eigentlich war ich noch nie am Meer, sagte sie, nie zu zweit. Und du, Reither, wann zuletzt?

Im vorigen Sommer. Und auch nicht zu zweit.

Und wann warst du zuletzt beim Arzt?

Hat das etwas mit dem Meer zu tun?

Nein. Es fiel mir ein. Aber von solchen Einfällen hast du gelebt, jedes Buch lebt davon. Bist du gesund?

Reither fuhr wieder auf die Autobahn, gleich auf die schnellere Spur, er überholte zwei Lastwagen und ein anderes Auto, einen Alfa, als könnte er auch die Frage damit hinter sich lassen. Was heißt gesund, wer ist schon ganz gesund?

Du hast deinen Verlag verkauft, du bist von der Stadt in ein erholsames Tal gezogen – ist etwas mit deinem Herzen? Oder gibt es da einen Krebs? Den spürt man am Anfang gar nicht. Es geht dir gut, aber du hast Krebs. Irgendwo brütet er schon, während du noch ans Meer fährst, rauchst, trinkst.

Wir rauchen beide, und wir teilen den Wein. Wollen wir in die nächste Klinik fahren, soll ich mich untersuchen lassen, auf was? Lungenkrebs, verengte Gefäße, Leberwerte? Mein Herz klopft, das reicht. Wie spät ist es?

Die Palm sah auf das Smartphone, das noch an war und das sie in der Hand hielt wie die Mädchen, die sonst mit leeren Händen dastehen würden. Halb elf. Ich musste das fragen.

Weil jemand weggestorben ist? Der von den vieren, der dir etwas bedeutet hat – eben noch gesund, dann schon die Diagnose.

Ja, sagte sie, so war das. Und muss sich nicht wiederholen. Ich kann auf diese Ironie verzichten, eigentlich auf jede. Frauen können auch ohne Ironie leben, manche Männer leben damit auf. Warum ist dieser Junge so plötzlich verschwunden?

Ich habe ihm Geld gegeben, und er ging.

Sollte er gehen?

Er war etwas seltsam, oder nicht? Reither hielt eine Hand in den Fahrtwind. Seltsam, das war ein Nullwort, eins, das er immer unterkringelt hatte. Sicher, man konnte es verwenden, es fiel nicht weiter auf, aber es brachte auch nichts voran – nein, der Junge war nicht seltsam, er war schrecklich, ein stummer Bote. Seine Hand, eben noch steil wie ein startendes Flugzeug, sank herunter, es half nichts, er musste bremsen; die Autobahn endete Richtung Taranto, sie ging über in eine Schnellstraße, immer noch inmitten von Oliven, so weit das Auge reichte die geduckten Bäume in silberrauchigen Wellen, angeblich dreißig Millionen in Apulien – manche Zahlen waren erhebend, erhebendes Abbild eines Weltstücks, während seins, das Reithersche Stückchen Welt, eins der beunruhigenden Zahlen war, wenn er nur an die Zahl der gebliebenen Freunde dachte. Erst kürzlich, vor seinem Weggang aus der Stadt, hatte er sie vor Augen gehabt, bei einem sechzigsten Geburtstag, als alle versammelt waren, die sich seit Jahr und Tag kannten. Nur zwei Freunde und eine Freundin hatte er da gezählt und der Jubilarin, sie war diese eine Freundin, unvorbereitet eine Rede gehalten, darin sein Bedauern, nie mit ihr geschlafen zu haben; er hatte sogar von Bedauern gesprochen und hätte es eigentlich eine Tragödie nennen sollen – sein Glück sehenden Auges zu verpassen, was war das sonst? Aber er hatte es immer nur als tragisch empfunden, auszusehen wie ein Schreibender. Schon mit zwanzig hatte er diese Aura gehabt und war ihr selbst erlegen; der Lehrling in einer Buchhandlung sah sich in der hintersten Ecke eines Nachtcafés mit Zigarette im Mund, eine Hand im Haar, wie er da mit Bleistift in winziger Schrift etwas in ein Notizheft schreibt, und in den frühen Morgenstunden ist eine ganze Erzählung fertig, wie Kafkas Urteil in nur einer Nacht. Jedes Wort sitzt, jeder Satz steht, und alle Sätze erschließen ein Stück Welt mit einer Sprache von so unplausibler Effektivität wie die der Mathematik für das Geschehen im Universum. Ein paar Versuche hatte er gemacht, alle aufgegeben nach wenigen Seiten – das einzig Effektive, das war der komplette Strich, letztlich das Schwärzen des Traums vom Schreiben.

Reither streifte die Ärmel bis zu den Ellbogen, das Hemd war schon zu warm für das Wetter, er müsste eins der gekauften T-Shirts anziehen. Wir halten bald, sagte er, als es auf eine Anhöhe zuging, er musste herunterschalten; und noch mit dem Hebel in der Hand sah er, wie seine Begleiterin ihr Haar am Hinterkopf hob, zwischen den Lippen ein Bändchen, und wie sie das Haar über dem Kopf zusammendrehte und das Bändchen darüberzog und dann den Kopf bewegte, dass der Haarschweif, ihr Pferdeschwanz, hin- und herflog – wann hatte ihn zuletzt dieses Wort überrollt, vor Jahrzehnten. Er griff um den Schweif wie aus weichem Zinn, er konnte nicht anders kurz vor der Anhöhe, gleich zweimal griff er darum, dann tat sich hinter der Kuppe das Meer auf. Gut, wir halten irgendwo, sagte die Palm, ich kann dann fahren. Was ist das für ein Meer?

Das ist der Golf von Taranto.

Reither griff nach der Hand, die das Haar zum Pferdeschwanz gedreht hatte, eine Hand am Steuer reichte. Er ließ Taranto links liegen und kam auf eine breitere Schnellstraße, schon nah am Meer und bald auch an der Küste entlang, kein Streifen, um dort anzuhalten; es gab nur niederes Gebüsch und Schotter, dazwischen Fabrikanlagen oder kleine Lagunen mit Kränen darin, manchmal sah man auch ein Schiffswrack, wie vom Himmel gefallen. Wir können uns einen Strand suchen, sagte er, vielleicht finden wir auch ein Lokal, aber ich meine, die Strände in Sizilien sind schöner, was meinst du?

Wie an ein Kind gerichtet klang das, welcher Ball ist schöner, der rote oder der blaue, was meinst du? Und sie drückte nur seine Hand, das meinte sie, ein kurzer, fester Druck wie der seiner alten Freundin nach der Rede zu ihrem Sechzigsten. Er kannte sie seit den Raubdruckzeiten, sie hatte den Stand neben seinem vor der Mensa, hatte dort nur Bücher von Frauen und für Frauen liegen, vom sanften Gebären und unsanften Denken bis zum Leben ohne Männer, oder wie die weibliche Welt aussehen könnte, während auf seinem Klapptisch schon das Neueste aus Lateinamerika lag, aber für zehn Mark, nicht für achtundzwanzig. Machozeug, hatte die Standnachbarin gesagt, und später wurde sie wirklich zur Nachbarin, wohnte im Haus gegenüber, verheiratet mit ihrem einstigen Analytiker und Mutter zweier Kinder. Sie schrieb für achtbare Zeitungen und wurde zu Buchsendungen eingeladen, und nicht nur, weil sie klug war, sie sah auch gut aus, mit sechzig besser als mit dreißig, kurzes, feines Haar, dunkle Augen, und um den Mund etwas leise Verlangendes, auch in der Stimme. Und er hatte ihr das in seiner Rede nicht auf die harmlose, die blöde Tour gesagt, wie jung sie noch sei, strahlend wie eh und je, keine, der man die Sechzig ansehe, nein, er hatte es auf eine unmissverständliche Art getan, indem er sagte, dass es zu den Versäumnissen seines Lebens gehöre, ihr nicht den Hof gemacht zu haben, und das mit allen Mitteln, als er vor zwanzig Jahren auf einmal allein war, unendlich frei, und sie schon gegenüber wohnte, vielleicht nicht ganz so frei, und es ein Fehler war, darauf Rücksicht zu nehmen. Und dann sagte er noch, dass kein Monat vergehen würde, ohne dass sie in seinen Träumen auftauchte, in der einen oder anderen Gestalt in sein Nachtleben träte; und einmal, während einer Reise, er auf einer Flussinsel der einzige Gast in einem kleinen Hotel, habe er so deutlich davon geträumt, mit ihr zu schlafen, sie zu halten und von ihr gehalten zu werden, dass es danach in ihm ruhiger geworden sei, als wäre es auch wirklich geschehen in jener Nacht. Aber es ist nicht geschehen und wird nach menschlichem Ermessen auch nicht mehr geschehen, sagte er zum Schluss, darin liegt der tragische Kern in einer Freundschaft zwischen Mann und Frau, in der Schönheit des Unerfüllten. Und sie hatte ihm, als ihr Mann noch verständnisvoll Applaus spendete, wie es heißt, mit wenigen Worten gedankt, Worten, die an das Leben gerichtet waren, nicht an ihn, der es versäumt hatte, mit ihr zu schlafen. Sie sei froh, das noch gehört zu haben, weil ihr Siebzigster keine Gelegenheit mehr dafür wäre. Es war der Anlass, der ihm endgültig klargemacht hatte, dass er wegziehen musste, nicht nur aus der Stadt, auch weg von einem Kreis, in dem sich die runden und in Wahrheit gar nicht so runden, die zerfransten, verbeulten, notdürftig mit Buffets und Reden und zu späterer Stunde dem DJ geflickten Geburtstage häuften, damit wollte er nichts mehr zu tun haben.

In Fahrtrichtung kam eine Tankstelle mit Bar, seitlich der Straße erhöht, schon von weitem zu sehen, Reither bog in die Abzweigung und hielt vor der Bar. Pause, sagte er und stieg aus, in eine so überraschend warme Sonne, dass seine Mitreisende die Hände in die Luft warf, fast ein Tanz in der Sonne, ihr Triumph über die Kälte, die so weit zurücklag, und er führte sie in die Bar. Dort bestellten sie geröstete Brote mit Schinken, dazu Kaffee, dann ging sich jeder erfrischen, das hatte schon etwas Eingespieltes, wie auch ihr Essen an einem Tisch im Freien, das Rauchen vor der Weiterfahrt, sie, die Palm, jetzt am Steuer und er mit einer Hand auf dem Verdeck.

Eine Weile sah man noch das Meer, den Golf, ein Blau in weitem Bogen, und bald kam eine Mautstelle, und die Straße ging über in eine Autobahn, allmählich weg vom Meer, hinein in eine schroffe Landschaft, kaum ein Ort, Hänge mit kargem Buschwald, Bergrücken wie geschliffen, ab und zu eine unfertige Brücke, abgeschrieben. Reither sah mal aus dem Fenster, mal auf die Fahrerin. Sie war eine, die viel Abstand hielt und nur überholte, wenn einer deutlich langsamer fuhr; dann aber zog sie schnell vorbei, die Zungenspitze zwischen den Lippen. Ihr Kopf war wieder zurückgelegt, auch beim Überholen, und die Linie von der Nase zum Kinn, sie schien jetzt für ihn gemacht zu sein – es gibt keine Sprache nach Maß für die Schönheit eines Gesichts, er hat sie nirgends gefunden, es gibt nur eine für die kleinen und größeren Fehler darin, ähnlich wie bei Diamanten, da sucht ein Händler, der sich auskennt, gar nicht erst nach der Schönheit, er sucht nur nach den Fehlern, und je weniger Fehler er findet, desto größer wird wohl die Schönheit sein. Und viel zu oft hatte er auch diesen Händlerblick gehabt, im Gesicht einer Frau die Fehler gesucht, je näher er ihm kam, desto mehr, und zum Glück gab es die zwei, drei Lebensgeschenke einer Schönheit, die er einfach gefunden hatte und die ihn gar nicht nach Fehlern suchen ließen. Leonie drückte ihm eine Faust gegen die Schulter, wie am Beginn der Fahrt oder Reise, nachts im Weissachtal. Woran denkst du, fragte sie, und er sagte es ihr, das war schon in den Ausläufern der schroffen Landschaft, zwischen unbestellten hügeligen Feldern.

Aber nach Schönheitsfehlern suchen, macht man das nicht ganz von selbst? Sie schob sich die Sonnenbrille ins Haar, weil es auf einen Tunnel zuging. Und allein aus der Sorge, ob man mit dem neuen Gesicht zurechtkommt. Man schließt ja auch beim Küssen die Augen, sonst wäre das Gesicht zu nahe, seine Kerben, seine Poren, der kleine Strauß geplatzter Äderchen.

Der Tunnel war kaum beleuchtet, und es fielen Tropfen von der Decke und platzten auf der Frontscheibe. Reither wollte etwas erwidern, dass man nicht immer nach Fehlern sucht in einem Gesicht, schon gar nicht in einem, das man als Geschenk betrachtet, aber wer sagt so etwas schon ohne weiteres, noch dazu in einem Tunnel, wenn sich die Fahrerin konzentrieren muss, nicht zur Seite schauen darf. Nur er durfte es und sah ihr Profil, wie vor ewigen Zeiten das seiner Standnachbarin mit den Frauenbüchern. Wie gut wir vorankommen, sagte er, ein ziemlich matter Satz, weit von dem entfernt, was er empfand, doch er sagte ihn im richtigen Moment, als es aus dem Tunnel herausging und die Sonne auf einmal von vorn in den Wagen schien; noch stand sie hoch, nur schon mit Neigung zum späteren Nachmittag. Leonie boxte ihn wieder, Wo sind wir?

Bestimmt zum dritten Mal wollte sie das jetzt schon wissen, und er zeigte nur in die Landschaft. Vor ihnen lag eine Bergflanke, die Straße schien sich dort in einem Gewirr aus grüngelben und rötlichen Kakteen zu verlieren, führte aber in einen weiteren Tunnel, kaum besser beleuchtet als der vorhergehende. Minutenlang ging es darin bergab, und kaum war man wieder im Tageslicht, sah man zwischen verschlungenen Agaven für Augenblicke ein Glitzern, vielleicht das Meer, dann kam bereits der nächste Tunnel, etwas kürzer, und auf der anderen Seite ein steiniges Land, vereinzelt Bäume, manchmal ein aufgegebenes Haus, ohne Türen, ohne Dachstuhl; wieder schien die Sonne von vorn, nun deutlich schräg, ein frühabendlicher Lichteinfall vor einer Steigung, einem kleinen Pass, die Straße jetzt wie bedrängt von Kakteen und Agaven. Und hinter der Passhöhe auf einmal, so weit der Blick reichte, das Meer, auch wenn es als Ganzes unsichtbar blieb, nur eine Idee war wie die Liebe, von der sich gut reden ließ, ohne ein genaues Bild zu haben – was hatte er nicht alles gelesen, das allein dazu diente, diesen Mangel zu verwischen. Bei Frauen geschah es eher auf die schwammige Art, sie erfanden dafür sogar Wörter, besonders wenn Haustiere ein Bestandteil des Liebestheaters waren und für Vergleiche herhalten mussten, da maunzte schon einmal jemand in einer Umarmung vor Behaglichkeit oder ließ die Seele baumeln wie das im

Arm gehaltene Hündchen die Pfoten. Und bei Männern geschah es auf die eifernde Art, sie stellten eine Behauptung nach der anderen auf über die Liebe, notfalls mit Ausrufezeichen; manch einen hatte er geradezu vor sich gesehen, mit entzündeten Augen und Falten wie eingeritzt von den Scherben seines zerbrochenen Traums, einfach nur gemocht zu werden, begehrt, ohne dass es dazu eines Wortes bedurfte. Leonie, schlafen wir heute in einem Hotel?

Besser, wir suchen etwas Privates, Bed and Breakfast, heißt es nicht so? Mit ihrer falschen Bescheidenheit fragte sie das, als wüsste sie's nicht, und bremste dabei in einer Linkskurve; auf seiner, der Beifahrerseite, nur Fels und Gebüsch, wie eine Mauer, bis in der nächsten Kurve jäh freie Sicht war – Sieh dir das an, sagte er, und Leonie nahm eine Hand vor den Mund, weil sich ihr ein Stück Welt im Ganzen zeigte, die Meerenge von Messina, wahrhaft eng und blau; und gegenüber, fast zum Greifen, die Inselmasse mit der Kuppe des Ätna.

9

Ein Stück Welt im Ganzen, das war auch seine Fahrerin, als sie kurz vor Reggio rauchte, die Hand mit der Zigarette am Steuer und beim Überholen die Zigarette im Mund, ihre Sonnenbrille inzwischen abgelegt, die Augen etwas verkleinert wegen des Rauchs, darin aber ein Blitzen, ihre Freude am Fahren, vielleicht auch schon Vorfreude auf die Fähre, das übersichtliche Meer, wie ein Gegenbeweis zu dem Satz, das Meer sei das, was man nicht sehe – war ihr klar, wie sie wirkte auf ihn?

Eine Frage an sich selbst, als es schon vor der Stadt über gewundene Brücken ging, darunter eine Art Niemandsland, von Rinnsalen durchzogen. Reither sah über die Gläser der Sonnenbrille. Sie wirkte wie eine, die jeder kennt, aus Filmen oder durch ihren Gesang, bei der es keine Rolle spielt, oder sie dreißig ist oder fünfzig, und mindestens ahnte sie das, so, wie sie ihn ansah, als sie vor der Mautstelle warten mussten, und auch ansah vor der ersten roten Ampel; sie sah ihn an, als wollte sie sagen, noch ist hier gar nichts entschieden, noch kann man sich zwei Zimmer nehmen und eine Reise durch Sizilien starten, den ganzen Tag etwas besichtigen und sich nachts davon erholen, nur könnte man auch erkunden, was der eine für den anderen ist, die Begleitung oder das Inbild, irgendwer oder derjenige welcher. Fahr einfach den Schildern mit dem Fährensymbol nach, sagte er, ein überflüssiger Satz, weil sie schon genau das tat, ohne Zigarette, die war längst geraucht. Sie fuhr in die Hafengegend, vorbei an kleinen Läden und Straßenhändlern, und kam auf einen weiten Platz vor dem Kai mit Reihen von Autos vor zwei Fähren. Einweiser winkten sie in eine der Schlangen, es ging rasch voran, nur mit Stopp an einem Kassenhäuschen, die Fahrerin kaufte das Ticket für die Passage, ein Auto plus zwei Personen, und schon fuhren sie über eine Rampe in das Parkdeck einer der Fähren, dort waren die Einweiser Nordafrikaner, aus Tunesien, aus Marokko, schmalgesichtig, graue Overalls; mit rudernden Bewegungen machten sie in Neonlicht und Lärm von quietschenden Reifen, Hupen und Pfiffen ihre Zeichen, und das alte Cabrio bekam einen Platz am seitlichen Rand des Decks. Die Fahrerin stellte den Motor ab, ein Zittern ging durch den Wagen – die Maschinen der Fähre liefen sich wohl schon warm; Reither stieg aus, unter den Schuhsohlen bebte der Stahlboden. Er tat einen Arm um die lederne Schulter seiner Jacke, die hatte Leonie wieder angezogen. Sehen wir uns das Ablegen an, rief er in den Lärm, komm.

Steile Treppen führten zum Freideck, die nahmen sie Hand in Hand, nicht ganz das Richtige für Treppen in einem Schiff, aber das Richtige für sie beide – der Plural, allmählich senkte er sich in alles hinein: sie beide auf einem Schiff, das war der innere Reithersche Satz, als sie dann oben an der Reling standen, ein Stehplatz hoch über der Wasserlinie, einem Geschäum um die Fähre beim Ablegen, Geschäum, das allmählich überging in helle Bugwellen; wenn man aber den Blick hob, war es eine sich immer weiter öffnende, nahezu glatte Fläche in der

Abendsonne, das Ionische Meer. Catania, sagte er, dort wollen wir uns also ein Quartier suchen. Und wie?

Wir fahren in die Stadt, bis es nicht mehr weitergeht, es zu eng wird. Und wo es eng ist, findet man etwas.

Ist das Erfahrung? Reither drehte sich mit dem Rücken zur Reling, er nahm die Hände, die ihn eigentlich nichts angingen, zum ersten Mal ihre beiden Hände, und zog Leonie Palm etwas an sich heran; ihr Haar wehte in seins, das war Glück, für das er nichts konnte. Ja, sagte sie. Ich bin mehrfach so gereist. Wo eine Stadt eng wird, findet man die Quartiere.

Der Wind nahm gegen Mitte der Meerenge zu, ein Wind mit Gischt vermengt, und Reither ließ die Hände los, die ihn doch etwas angingen, mehr als gedacht, und legte beide Arme um die Palm, im Grunde ein Beschützerakt, wenn man zusammen an einer Reling im Wind steht, aber auch ein Klischee, wenn man an Filme denkt, die auf dem Meer spielen, und er dachte an solche Filme, statt an nichts zu denken – das wahre Gebrechen, es sitzt in den Gedanken, nicht in den Knochen. Sag, Reither, wie weit ist es noch bis Catania? Eine Frage in seinen Armen, die Erlösung, um nicht länger an Schiffsfilme zu denken und sich zu zweit im Wind stehen zu sehen. Etwa fünfzig Kilometer, eine knappe Stunde, sagte er, auch wenn er nur die Karte kannte. Leonie griff ihm ins Haar, damit hatte er nicht gerechnet, nicht jetzt schon, erst bei Dunkelheit; sie strich sein feuchtes Haar aus der Stirn, als der Wind wieder nachgelassen hatte und neues Aufschäumen um die Fähre war, kurz vor ihrem Anlegen. Gehen wir zum Auto, bevor es auf den Treppen voll wird, sagte er, ein Rückgriff auf die Vernunft, wenigstens in

Dingen der Fortbewegung einen kühlen Kopf zu bewahren, also gingen sie zum Parkdeck hinunter, und als sie am Auto waren, stieß die Fähre mit spürbarem Ruck an den Kai, das Land, die Insel, noch bei Tag oder schon am Abend – Raum und Zeit schwankten in Reither, wo war er hier, und welcher Tag war, ja welche Jahreszeit, war schon Sommer? Ich fahre jetzt wieder, sagte er, aber als er am Steuer saß und die Ersten schon vom Parkdeck fuhren, musste er sich konzentrieren, um zu wissen, was zu tun wäre, damit sich das Auto auch in Bewegung setzte, in die Schlange der anderen Fahrzeuge einreihte. Worauf warten wir, fahr, sagte die Palm, noch ein erlösendes Wort, und er legte den Gang ein und fuhr über eine Rampe auf einen weitläufigen Platz, leicht ansteigend zu einer Straße hin, und dort gab es schon Schilder zur Autobahn nach Catania.

Fünfzig Kilometer, eine gute Schätzung, und auf der ganzen Strecke sah man das Meer, auf seiner, der Fahrerseite, lag es, matt im Abenddämmer, auf ihrer dagegen lagen die Vorberge des Ätna, und in der Mitte der Strecke ging es unterhalb einer Flanke entlang, steil über dem Meer und schon zu Zeiten der Griechen – so etwas wusste Reither, es war wie ein Teil seines Alphabets – die Erhebung für einen erhabenen Ort, Taormina und sein Amphitheater mit dem Blick auf das Meer und den Vulkan. Aber er sagte dazu nichts, die Fahrt war nicht danach, sie war reine Augensache, fahren und schauen; er zeigte nur auf die Kuppe des Ätna über Wolkenbändern, wie gelöst von der Masse des Berges, schwebend, und sagte Schau nur.

Kein überlegtes, weiterführendes Wort, wenn der andere ohnehin nur mit Schauen beschäftigt ist, aber es zog etwas nach sich oder stieß es an – Leonie Palm summte ihr knappes Ja, ohne den Mund aufzumachen, ein Ja zur sichtbaren Welt, das ihn, Reither, mit einschloss; dann steckte sie zwei Zigaretten an und gab ihm eine. Du weißt nicht besonders viel über mich, sagte sie. Wie ich heiße, und dass es eine Tochter gab, ein Unglück mit ihr. Dass ich eine kurze Ehe hatte und noch ein paar Männer danach, einen Hund, der vor ein Auto lief, und einen Hutladen, mit dem es bergab ging. Aber dass ich gelernte Kostümbildnerin bin und mir das Hütemachen selbst beigebracht habe, lange vor dem Schreiben, das weißt du schon nicht mehr, Reither. Nur sollte man nicht einiges über den anderen wissen, bevor wir gleich irgendwo einziehen? Sie tippte an seine Schulter, das war schon bei den Vororten von Catania, und er nahm ihre Hand und lenkte mit der anderen, bis es in die Stadt hineinging. Wir werden das alles sehen, sagte er, ein ausweichender und dazu noch absurder Satz, weil es mit Sehen gar nichts zu tun hatte, nur mit Fragen und Zuhören, während die Fahrt in die Stadt wieder ganz Sache des Sehens war. Es ging an Wohnhäusern wie von Riesen abgestellten Klötzen vorbei, an Gasometern und haushohen Werbetafeln für Babynahrung, für Fertigpizza, für ein Einkaufscenter, das es noch gar nicht gab; erst allmählich rückten die Häuser zusammen, ihre Fassaden von rußiger Wucht, zwischen den Häusern schachbrettartig angelegte Straßen, die breiteren führten leicht abwärts, zum Meer, aber auch weiter hinein in die Stadt, in ihr Herz, oder wie man es nennen wollte. Diese Straßen, die erinnern mich an Buenos Aires, sagte seine Beifahrerin. Da war ich einmal mit dem Mann, der dann gestorben ist. Er stammte von dort.

Mit jeder Kreuzung nahm der Verkehr jetzt zu, und Reither ging auf die mittlere Spur, um so weit wie möglich ins Innerste der Stadt zu kommen. Gehört das zu dem, was ich wissen sollte, du und ein Argentinier? Mich interessieren mehr deine Hüte, bestimmt hat er einen Hut getragen, was für einen?

Einen Asheville Toyo Stetson, aber das sagt dir nichts. Ein sommerlicher Stadthut, sandfarben, fein geflochten aus Abaka, einer Faserbanane, meist mit zwei schmalen braunen Bändern und vorne an den Seiten leicht eingedellt. Kein Hut für dich, Reither. Du brauchst etwas aus Leder oder Denim, das ist robuster Baumwollstoff, und dann könnte es ein Borsalino Mottlet sein, schiefergrau und ohne Band – French Connection, der zu kleine Hut von Gene Hackman als New Yorker Bulle.

Popeye, sagte Reither, ich glaube, er hieß Popeye in dem Film. Und deine eigenen Hüte, wie waren die?

Die waren mein Ruin. Du solltest jetzt abbiegen.

Und der Popeye-Hut würde mir stehen?

Ein Pigskin Stetson in Schwarz könnte dir auch stehen. Alles mit nicht zu breiter Krempe.

Warum keine Krempe?

Weil die immer so künstlerisch aussieht. Bieg hier ab.

Und Reither bog in eine Straße, die sich schon nach kurzem zur Gasse krümmte; immer mehr Menschen musste er ausweichen, weil die Gasse wohl ihr Vorzimmer war, Männern, die einfach herumstanden, redeten und rauchten, junge Afrikaner zumeist, dazwischen auch einzelne Ältere, wie wartend auf nichts; und da und dort sogar der Hinweis auf Bed and Breakfast. Und der Hut, der am wenigsten zu mir passen würde?

Die Palm, mit dem Kopf jetzt halb aus dem Fenster, sah ihn kurz an, fast hätte er einen Karren gerammt. Das ist der Wiener Girardi, sagte sie, fliederweiß, rund, mit schwarz-rot-schwarzem Band, ein Stutzerhütchen. Bieg hier noch mal ab.

Und er bog in eine noch engere Straße oder Gasse, die gleich in einer Krümmung weiterverlief, dazu leicht anstieg und zwischen halbhohen verwitterten Häusern zu einem wie hineingeschnittenen Gässchen wurde, in das kaum ein Auto passte; der Punkt, an dem es nicht mehr weiterging, war erreicht. Vicolo della Lanterna, stand auf einer Tafel an einer Hausecke, aber von Hand geschrieben – Reither stellte den Motor ab, er legte den Kopf zurück und schloss die Augen, als hätte er mit allem nichts mehr zu tun. Da ist wer, sagte die Palm; aber erst als sie ihn anstieß, blinzelte er und sah einen Mann mit Zopf in weißem T-Shirt. Nur zwei Schritte vor dem Wagen stand er in einer Tür zu einem schmalen Haus mit ganz von dürrem Gezweig umrankten Balkonen. Ob sie ein Zimmer suchten? Auf Englisch rief er ihnen das zu und noch mehr – er habe sogar eine Wohnung hier, zwei Zimmer, Bad und Balkon, in bester Lage, nah der Fischmarkt mit seinen Lokalen, auch der Domplatz mit dem schwarzen Elefanten auf dem Brunnen und die Piazza Mazzini, wo man frühstücken könnte. Sorry, no breakfast, rief er, but a nice apartment, you just have to say si.

Das hörte sich gut an, geradezu bestechend, auch wenn es noch Fragen gab, nach dem Preis und der Anzahl der Betten, der sanitären Ausstattung und einem sicheren Parkplatz, Fragen, die Reither durch den Kopf gingen, als seine Mitreisende schon die Zusage machte, was so klang wie der Laut eines winzigen Vogels, sisi. Der Mann mit Zopf verschwand kurz im Hauseingang und erschien wieder mit einer gelben Lenkradkralle, in der anderen Hand zwei Schlüssel und eine Rolle Toilettenpapier. Reither stieg aus dem Wagen, und die Dinge nahmen ihren Lauf. Der Vermieter brachte die Kralle an, dann wollte er beim Gepäcktragen helfen, nur gab es kein Gepäck, lediglich eine Tüte mit Kleidung und zwei Flaschen Wasser, und mit einer Handbewegung, die wohl heißen sollte, meinen Segen habt ihr, ging er voraus, zwei Treppen hinauf, steiler als die in der Fähre, bis er vor einer soliden Tür stehen blieb. Sie hatte ein kompliziertes Schloss, das er mit komplizierter Erklärung öffnete, ehe er wieder vorausging; und unter leisen Seufzern ließ sich Leonie Palm von ihm die Räume zeigen, den Seufzern einer Frau, die sich mit jedem Schritt etwas mehr in eine Wohnung verliebt, während er, Reither, nur still hinterherzog.

Da gab es einen Wohnraum mit großer Couch, ausreichend als Bett, auch zwei Korbsessel und einen Teetisch, und angrenzend ein Bad ohne Tür, nur abgetrennt durch einen Vorhang, der Vorhang aber aus weißer Spitze, und der Vermieter mit Zopf zeigte in dem Bad, wie man mit etwas Geduld zu heißem Wasser käme und was bei der Klospülung zu beachten sei, ein Klo ganz eingefasst mit alten Kacheln. Dann ging er erneut voraus, und auch in den weiteren Raum kam man durch einen Vorhang, dahinter das Schlafzimmer mit einem Holzbett unter hellem Baldachin. Das Bett und zwei Nachttische füllten den Raum fast, es blieb nur Platz für eine Kommode, darüber ein silbrig eingefasster ovaler Spiegel, neben der Kommode ein Wandschrank; und von dort war es kaum ein Schritt durch eine offene Tür auf einen spielzeughaften Balkon, wie eingesponnen von dem Gezweig. Der Zopfmann – einer der ganz wenigen, fand Reither, dem ein Zopf auch stand – zeigte noch, wie die Balkontür zu schließen war und die Nachttischlampen angingen, während Leonie Palm schon das Bettzeug prüfte. Und der Preis? Jetzt erst kam die entscheidende Frage, und als der Vermieter sechzig sagte, Just sixty, two persons, nickte Reither nur; er sah noch, wie die Schlüssel übergeben wurden und Leonie Palm, die Schlüssel wie eine Trophäe in die Höhe haltend, den Vermieter zur Tür brachte, und kaum war die Tür zugefallen, hörte er sie Ich bin jetzt im Bad! rufen, wie es nun einmal zuging, wenn zwei sich eine Wohnung teilten und die Dinge nicht eingespielt waren. Er musste also warten und trat auf das Balkönchen hinaus, an eine Eisenbrüstung, so zierlich wie das Ästegeflecht vor ihm und über ihm.

Unten lag die handtuchschmale Gasse im letzten Tageslicht, der Wagen stand noch an der Stelle, an der es nicht weitergegangen war, wie eingeklemmt von den Hauswänden zu beiden Seiten, auch wenn gerade noch jemand vorbeigehen könnte, aber es ging dort niemand, als führte die Gasse auch nirgendwohin, und doch gab es Bewegung. Ein paar Schritte hinter dem Wagen drückte sich an der Hausmauer ein Mädchen herum, elf oder zwölf vielleicht, und sah mal zum Heck des Wagens, mal zum Balkon hinauf. Es trug ein fetzenartiges rotes Kleid, dazu Flipflops, und um den Hals hing etwas wie eine Scherbe oder Muschelhälfte. Reither schob eine Hand durch das Geäst und deutete ein Winken an, eher das Zeichen Ich sehe, dass du mich siehst, als ein Grüßen vom Balkon herunter, und es wurde auch nicht erwidert; das Mädchen verschwand so im Dunkel der Gasse, als wäre es gar nicht da gewesen.

Gehen wir jetzt essen? Eine Frage halb von der Seite, er hatte gar keine Schritte gehört – Leonie stand barfuß auf dem Balkon, ihre Schuhe in der Hand. Ihr Haar war noch nass, sie hatte geduscht und sich umgezogen, sie trug die Jeans aus dem Einkaufscenter, die stand ihr geradezu erschreckend. Und wie wir essen gehen, sagte er. Aber vorher noch der Domplatz mit diesem schwarzen Elefanten, schauen wir uns den an? Ein touristischer Vorschlag, und die Palm war dabei, sie machte ihre bejahende Faust und schlüpfte in die Schuhe, fast hätte er für sie die Riemen geschlossen, nur wollte er sich auch noch duschen.

Wie ist das Bad? Er lief ins Schlafzimmer und zog die Schuhe aus. Der Boden im Bad ist noch nass, geht das? In seinem Rücken eine halbe Entschuldigung, die erste, und er winkte nur ab und ging ins Bad; auf den Kacheln waren Pfützen, Leonies Pfützen wie kleine flüssige Spiegel. Er trat unter die Dusche und nahm ihre noch schaumige Seife, er wusch sich das Haar damit, die Achseln, die Füße – auch Glücklichsein ist Glückssache, es glückt oder misslingt, und im Augenblick glückte es, er wusch sich für jemanden in aller Unschuld. Kaum abgetrocknet, zog er die gekaufte Wäsche an und ein frisches Hemd; und mit ebenso nassem Haar wie die Mitbewohnerin verließ er mit ihr das Haus – ein etwas älteres Paar auf Städtereise, der Ankunftsabend.

Es gab nur einen Weg, die Gasse hinunter, schon nach der ersten Biegung herrschte Gewimmel, und Leonie fragte bei Afrikanern nach der Piazza Duomo. Um zwei, drei Ecken musste man gehen, das war alles, dann kam ein Platz voller Menschen; auf der gegenüberliegenden Seite erhob sich der Dom, angestrahlt, und düster-hoheitliche Gebäude standen in weitem Karree um den Brunnen in der Mitte, auf seiner Ziersäule tatsächlich ein kleiner schwarzer Elefant mit weißen Stoßzähnen, wie dort ausgesetzt von den Eltern oder als Beute aus einem Krieg zur Schau gestellt, und Reither wollte es gerade ansprechen – der kleine schwarze Elefant, Beutestück oder eher ein Symbol? –, als auf einmal das Mädchen in dem roten Kleidfetzen vor ihn trat und stumm die Halskette mit der Scherbe anbot.

10

Es ist der zweiundzwanzigste April, ein Mittwoch, die Luft am Abend noch warm genug für ein Essen im Freien, er und die Frau, die er kaum kennt, aber schon nicht mehr verlieren will: Beim Anzünden einer Zigarette wurde ihm das fast im Takt der Herzschläge klar, das Datum, der Tag, die Wärme, sein Zu-zweit-Sein und mit wem, während ihn das Mädchen im Fetzenkleid weiter ansah, ein Blick aus schmalen Augen, zwischen den Brauen kleine ältliche Falten, also war es wohl schon zwölf, wenn nicht dreizehn. Ihn allein sah es an, als stünde er hier auch allein an dem Brunnen, ein Alleinreisender abends auf dem Domplatz von Catania, und der Blick, der war nicht kindlich, er war verschlagen – ein Wort, das sich aufdrängte, wie das Mädchen sich aufdrängte, die offene Hand jetzt vor und zurück bewegte, darin das Einzige, das sie anbieten konnte, ihr eigenes Kettchen mit einer Scherbe daran, oder war's ein Stück Metall, bunt bemalt, für Halsschmuck vielleicht etwas scharfkantig, so genau ließ sich das im Abenddämmer nicht sehen. Was geben wir ihr?

Reither wandte sich zur Seite, aber seine Begleiterin war um den Brunnen gegangen, als hätte sie nichts bemerkt von dem Mädchen; sie sah zu dem kleinen schwarzen Elefanten auf der Säule inmitten des Brunnens, und er griff in die Taschen und suchte nach Münzen, wäh-

rend das Mädchen den Scherbenanhänger jetzt pendeln
ließ, ein stummes Locken, und ihr Blick aus den schmalen Augen auf seiner Hose lag, einer Beule dort von der
suchenden Hand. Wie viel also sollte er geben? Das Kettchen samt Anhänger war nichts wert, eine rührende
Bastelei, weder schön noch von besonderem Material.
Kleine, behalte es, sagte er, auch wenn die Kleine ihn
nicht verstand, ja nicht einmal körperlich klein war oder
in anderer Form noch kindlich, eher abgefeimt, mit dem
Gebaren einer Streunerin, und womöglich auch noch älter
als gedacht – aber wer kann das schon sagen, wenn er nie
eine Tochter hatte. Reither sah über das Mädchen hinweg,
über dunkles, in der Mitte gescheiteltes Haar; Münzen
fühlte er keine in den Taschen, nur einen Schein, aber
welchen? Er trat die Zigarette aus, und als er den Kopf
wieder hob, sah er die Frau, die ihn aus der Aprilkälte des
Weissachtals bis in die Milde von Sizilien gebracht hatte,
und rief ihren Namen, Leonie, rief er, einmal, zweimal,
doch sie hörte ihn nicht, weil das Domgeläut angefangen
hatte, und er machte eine Faust um den Schein in der
Hosentasche.

Das Mädchen, immer noch ihre wertlose Ware in der
Hand, zeigte schon Zeichen von Ungeduld, wenn es Ungeduld war; es hätte auch Angst sein können, die Angst,
mit ihrer Tour aufzufallen und verjagt zu werden von
Carabinieri, die am Rande des Platzes neben schweren
Motorrädern standen, und damit die Sorge, es an dem
Abend auch nicht mehr zu schaffen, Geld für etwas Essen
zu bekommen, den eigenen Hunger zu stillen und gar
noch den von Geschwistern, ihn vor dem Schlafen in
einem Verschlag doch wenigstens zu lindern, sich Brot in

den Mund zu stopfen oder Süßkram, zuletzt sogar die Finger abzulecken und den Daumen im Mund zu behalten, wer weiß. Und da zog er den Schein ein Stück hervor, bis er sah, dass es ein Zwanziger war, mit dem er nur in Verlegenheit käme, Kind, das ist leider zu viel. Das Kind aber, das keins war und irgendwo herkam, wo die Haut schon wie unter dem Namen des Landes verdunkelt erschien, Marokko, Libyen, Albanien und was es sonst noch mit einer Küste gab, um ein Boot zu besteigen in der Hoffnung, dass es nicht untergeht und paradiesische Ufer erreicht, das Mädchen, das auch kein übliches Mädchen war, sondern mit allen Wassern gewaschen, man wollte gar nicht wissen, mit welchen, ließ ihn jetzt den Anhänger befühlen, und der war aus Metall, ein Fundstück vermutlich, die Kanten wie geschliffen. Und er suchte noch einmal nach Münzen oder einem kleineren Schein, als endlich die dazutrat, die vor nur zwei Tagen, er glaubte es kaum, abends bei ihm geklingelt hatte, Leonie Palm, mit der er jetzt schon eine Wohnung teilte und nicht bloß das Schicksal des Kleinunternehmers, sie mit ihrem Hutladen, den es nicht mehr gab, gescheitert an einem immer kopfloseren Publikum, er mit seinem Verlag, den es nicht mehr gab, so weggeschmolzen von der Abwärme des Banalen wie die letzten Gletscher mit all ihrer sperrigen Schönheit.

Du hast hier gefehlt, sagte er. Die in dem roten Kleid, die stand plötzlich da und bietet ihre Halskette an, und ich wollte ihr etwas geben, aber habe kein Kleingeld, hast du Kleingeld? Er hielt nun selbst die Hand auf, das passierte ihm einfach, und die Palm suchte nach Münzen, sie besaß kein Portemonnaie; Münzen hatte sie lose in ihrer geschulterten Tasche, Scheine und Kärtchen waren in einem Seitenfach mit Reißverschluss. Aber sie holte nur Centstücke hervor und zählte sie noch, als das Mädchen längst mit weiten Schritten davonging, die Arme seitlich ausschwingend, um ihren Schritt beizubehalten, wie Soldaten beim Exerzieren, um nicht über den Platz zu rennen, als hätte sie etwas gestohlen. Reither sah sie noch im Dämmer eines hohen Torbogens, wie sie Teil des Gewimmels dort wurde, dann sah er auf seine Schuhe, die er ersetzen sollte, gleich morgen Vormittag, gegen etwas Leichtes. Suchen wir jetzt ein Lokal – schon im Gehen sagte er das, einem langsamen Gehen, auch auf das Tor zu, haushoch fast und kaum beleuchtet, ein Tor durch einen Anbau des Doms. Seine Begleiterin hakte sich bei ihm unter, Was war das für ein Mädchen?, fragte sie, und er verlor ein paar Worte über ihr Gesicht, die Augen, den Blick, ja sogar darüber, dass es grammatikalisch mindestens fragwürdig sei, bei einem Mädchen von ihren Augen zu sprechen – seinen Augen sollte es heißen. Aber nicht bei der, sagte er, und eigentlich hätte er sagen müssen, dass er sie schon vorher gesehen hatte, und auch andersherum: dass sie ihn schon gesehen hatte, wie er auf dem Balkon stand und winkte, und sie ihn vor dem Brunnen folglich wiedererkannte, als den, der ihr offenbar freundlich gesonnen war, nur leider kein Geld herausrückte.

Ich hätte ihr den Zwanziger gegeben, sagte Leonie Palm, da waren sie schon in dem Torbogen, wie für höhere Wesen geschaffen, und Reither machte eine Geste, vorbei ist vorbei, und ging etwas schneller, als wäre es damit noch mehr vorbei. Sie überquerten eine Straße hinter dem Tor, auf der anderen Seite ein Bahndamm mit

Unterführungen, eindeutig geschaffen für Menschen, lichtscheue allerdings, auch wenn man aufpassen musste mit diesem Wort, aber sie standen nun einmal dort, wo es am dunkelsten war, redeten und rauchten, überwiegend Afrikaner, während es im helleren Bereich Verkaufsstände gab, Pritschen voll kleiner Muscheln und eine mit letzten Fischen von einem Markt, der bis zum Mittag ging, wie der Verkäufer sagte. Die ganze Straße am Bahndamm roch nach Fisch, und je weiter sie kamen, roch es auch nach Essen, nach Geschmortem und Frittiertem, nach süßem Brot und Fasswein, nach zu viel des Guten, wenn es eingesandte Romane ausgeschmückt hatte, und dennoch existierte es. Dort, wo vormittags der Markt war, auf dem abgespritzten, noch dunkelfeuchten und mit Fischblut vollgesogenen Stein standen die Tische von Lokalen, jedes mit verlockendem Namen. Hier oder nirgends, sagte Reither, und kaum saßen sie an einem der Tische mit Papierdecke und drei einfachen Holzstühlen, wurde auch schon das duftende Brot gebracht, und für den offenen Wein, da reichte ein Wink.

Sie saßen sich gegenüber, zwischen ihren Händen nur das Brot und der Krug – ein Satz, den Reither förmlich im Ohr hatte, den er fast hörte. Sie saßen sich gegenüber, zwischen ihren Händen nur das Brot und der Krug, und er wollte daraus einschenken, vom Wort zur Sache kommen, aber Leonie Palm war schneller. Sie schenkte ein, erst ihm, dann sich, zwei volle Gläser, und sie sagte auch, worauf man trinken sollte, dass sie hier säßen und nicht im Weissachtal, dann stieß sie ihr Glas so an seins, dass etwas von dem hellen, fast durchsichtigen Wein auf den Tisch schwappte – ein schöner Moment, einer von denen, die sich still an einen heften. Reither hob das Glas an den Mund, feierlich geradezu, oder wann hatte er zuletzt so an einem Tisch gesessen, zu zweit, bis auf weiteres unsterblich; und noch während er trank, sah er durch den Wein hindurch das rote Fetzenkleid, wie es näher und näher kam, und kurz darauf sah er auch den Metallanhänger, pendelnd, weil sich das Mädchen, als es an den Tisch trat, herunterbeugte. Das ist sie, sagte er leise, das Glas noch am Mund, da wurde die Kette schon abgenommen, der möglichen Käuferin wortlos hingehalten, und Leonie schaute sich den bemalten Anhänger an. Komm, gib ihr den Zwanziger, und ich nehme die Kette.

Die ist nichts wert. Und wer weiß, wo das Geld landet. Warum kaufen wir ihr nicht etwas zum Essen? Reither holte die Zigaretten aus der Tasche, er nahm sich eine und steckte sie an und legte Schachtel und Feuerzeug auf den Tisch, während Leonie Palm das Kettchen durch die Finger laufen ließ. Ein Mann mit Headset und Schürze erschien, dem Gehabe nach der Wirt, er machte Gesten zu dem Mädchen, hau ab, verschwinde, und sagte sogar etwas, zwei, drei Worte zwischen den Zähnen hindurch, als Reither schon die Stimme erhob, auch das passierte einfach, She belongs to us! Gar nicht laut, nur scharf kam diese plötzliche Stimme aus ihm, und der Wirt machte aus seinen scheuchenden Gesten ein Abwinken, er wandte sich anderem zu, während das Mädchen, die Kette noch in der Hand, unbewegt dastand, es schien nicht einmal zu atmen. Leute von den Nachbartischen sahen wie in Erwartung von etwas herüber, als müssten den scharfen Worten auch Taten folgen, und Reither schloss wieder die Hand um den Schein in der Tasche – sie gehört zu uns, in der eigenen Sprache hätte er das kaum gesagt. Wir kaufen also die Kette? Er wollte den Schein aus der Tasche holen, das Ganze damit beenden und zu dem Abend mit Leonie Palm zurückkehren – fast ein Wunder nach den zwei Tagen im Auto, dass sie hier jetzt beide in einem Bilderbuchlokal saßen –, als seine Mitreisende dem Mädchen den dritten Stuhl am Tisch anbot. Sie klopfte mit der flachen Hand darauf, wie man Katzen ermuntert, auf ein Sofa zu springen, und er griff nach der Speisekarte, um sich nicht einzumischen, nicht etwa zu fragen, wohin das führen soll, Leonie, bitte, was denkst du dir, was soll das?, oder gleich das lateinische Lieblingswort seines Vaters anzubringen, principiis obsta.

Den Anfängen wehren, da hatte er selbst nicht ganz aufgepasst, sonst hätte er nicht vom Balkon gewinkt, mit solchen Gesten fängt es an, und plötzlich stellt man sich auf die Hinterbeine, she belongs to us. Etwas Zeit verging, fünf, sechs Herzschläge, wenn ein Herz noch ruhig schlägt wie das einer Dreizehn- oder Vierzehnjährigen, schon gewohnt, sich durchzuboxen, dann setzte sich das Mädchen auf den freien Stuhl, und er trat die Zigarette auf dem Boden aus und nahm die Karte in beide Hände und las jeden Posten, damit auch die Augen etwas zu tun hatten. Es war eine Fischkarte mit allem, was sich aus dem Meer holen ließ, man musste nur wissen, was man wollte, oder sich beraten lassen, und schon kam auch der Wirt wieder, um die Bestellung aufzunehmen, jetzt fast leutselig gegenüber dem Mädchen, und Reither zeigte auf einen Teller mit Sardinen am Nebentisch – ob es Sardinen wollte und eine Cola dazu? Er bekam keine Antwort, das Mädchen sah auf die Kette, den Metallanhänger, die

Hände unter der Tischkante, als hätten sie auf dem Tisch nichts verloren, und er bestellte die Cola und kleine frittierte Sardinen; mit Frittiertem konnte man nicht viel falsch machen, wenn man Elterngeschichten glaubte. Und wir zwei, sagte er, den Fisch vom Tage? Ein Dativ, der etwas Ruhe in das Geschehen brachte, als säßen sie allein am Tisch, zurückgelehnt, und würden das Mädchen nur von weitem sehen, wie es Leuten seine Halskette anbietet. Der Tagesfisch, da gab es nichts einzuwenden, und der Wirt murmelte die Bestellung in sein Headset, wieder raue Worte, davon keins, das Reither je gehört hatte, nur das Mädchen schien irgendetwas verstanden zu haben, es sah ruckartig über die Schulter zu der Straße vor dem Bahndamm, als drohte von dort Gefahr.

Wie heißt du, your name? Leonie tippte sich an die Brust und nannte den eigenen Namen, dann zeigte sie auf ihn, Reither, und nannte auch seinen Namen, aber das Mädchen hob nicht einmal den Blick, es sah auf den Tisch, auf die Zigaretten und das Feuerzeug, und sah auch wieder über die Schulter, in den nach unten gestreckten nackten Armen eine Spannung wie Läufer sie vor dem Start haben. Wie soll das hier weitergehen, sagte Reither, wir laden sie also zum Essen ein, wenn sie das überhaupt will, sie sagt ja nichts, wer weiß, was sie will, sie will natürlich Geld, was sonst, soll ich ihr das Geld jetzt geben, die zwanzig Euro für das Kettchen? Er griff erneut nach dem Schein, aber bekam ein Zeichen: jetzt nicht, warte noch, als gäbe es einen Plan für den weiteren Ablauf, Leonies Plan für den Abend zu dritt. Ein Kellner brachte drei Teller, das passte dazu; er wischte noch mit einem Tuch über jeden und sah zu dem Wirt, der unter seinem Lokalschild stand und offenbar telefonierte, und auch das Mädchen sah jetzt dorthin, ein kurzer Blick nur, dann nahm es die Kette vom Tisch und legte sie sich um den Hals, die Arme so erhoben, dass ihre Achseln entblößt waren, darin ein dunkler Flaum. Da hast du es, sagte Reither, sie will diese Kette gar nicht verkaufen. Ich glaube, sie will auch nichts essen, sie will nur Geld.

Warum sitzt sie dann hier? Bei zwei Leuten, die über sie reden, warum erträgt sie das? Weil sie hier sitzen will. Und nicht irgendwo herumstehen und betteln.

Reither griff nach den Zigaretten, nicht um gleich wieder zu rauchen, um etwas in der Hand zu haben, wenn ihm schon die Worte fehlten. Er holte eine Zigarette aus dem Päckchen, aber ließ sie neben dem Feuerzeug liegen, wie eine kleine Drohung: keine Fragen mehr, oder ich rauche. Dann brach er etwas von dem Brot ab und legte es dem Mädchen auf den Teller, als wäre sie tatsächlich ein Kind, scheu, verstummt, starr. Und vielleicht war sie auch nur verstummt und nicht stumm, weil sie eine Sprache sprach, von der sie nicht hoffen konnte, dass irgendwer sie versteht. In dem Fall sagt man entweder gar nichts oder sagt es, indem man schreibt, was nur eine andere Form ist von Schweigen – vor Jahren war einmal eine junge Frau im Verlag erschienen, ein Blatt Papier in der Hand, sie ging erst wortlos durch die zwei Räume und die angeschlossene kleine Buchhandlung und reichte ihm dann das Blatt mit nur einem Satz darauf. Für alles Schreiben, das diesen Namen verdient, zahlen die Schreibenden für eine Schuld, und wer dabei etwas erreicht, hat immer auch etwas Erbärmliches! Im Stehen hatte er das gelesen, und als er aufsah, war die junge Frau weg, er hatte nie mehr von ihr gehört, könnte auch kaum sagen, wie sie aussah, nur dieser Satz von ihr war geblieben.

Die Cola wurde gebracht, eine Dose, noch geschlossen, und er schob einen Finger unter den Metallring, riss ihn hoch, nur blieb der Verschluss in der Öffnung hängen, als kleine Metallzunge, und er drückte sie in die Dose, so weit der Finger hineinging, kein Verfahren, das sich schickte, aber er konnte dem Mädchen einschenken, ein Glas schäumender Cola, er schob es ihr hin, Hier, bitte, trink, und sie trank einen Schluck, ohne den Blick zu heben. Dein Finger, sagte Leonie, du blutest.

Die Dosenöffnung, ihr scharfer Rand, da hatte er sich am vorderen Gelenk geschnitten und gar nichts gespürt, ein glatter Schnitt, wie von einem abgerutschten Messer; Reither wickelte die Serviette darum, er schenkte sich Wein nach und trank, er nahm sich die Zigarette. Nur ein Schnitt von der Dose, sagte er und wollte die Zigarette anstecken, aber dann griff er nach dem Päckchen und hielt es über den Tisch, Willst du auch? Eine Frage, als wären sie noch so zu zweit wie vor kurzem, als hätte man allenfalls darüber gesprochen, was einen perfekten Abend am meisten stören könnte, und Leonie hob nur die Hand, sie wollte nicht rauchen, dafür das Mädchen. Zum ersten Mal kam sie aus ihrer Starre, machte eine Kopfbewegung hin zu dem Päckchen, und Reither schüttelte eine Zigarette heraus – sicher war sie es gewohnt zu rauchen, warum also nicht. Und vielleicht würde sie mit Zigarette in der Hand endlich auch reden, sagen, wie sie hieß und wo sie herkam. Und er wollte ihr das Päckchen hinhalten, wie man es eben macht, bitte, bedien dich, aber die Palm ging mit der Hand dazwischen. Nein,

Reither, nein! Und sie deutete dem Mädchen an, dass es nicht rauchen dürfe, schon gar nicht in der Öffentlichkeit, aber auch nicht an diesem Tisch, nicht mit mir, nicht mit uns – fast eine kleine Predigt aus Handzeichen war das, und er schob die Zigarette zurück in die Packung. Sie will Geld und sie will rauchen, warum geben wir ihr nicht, was sie will? Er hob die Serviette um den verletzten Finger an, noch kam Blut aus dem Schnitt, und jetzt sah das Mädchen sogar auf und beugte sich etwas vor, als wollte es die Wunde sehen, und Reither wusste nicht mehr, was er tun sollte, die Serviette ganz abnehmen, ihr die Wunde zeigen, was lächerlich wäre, schau, was ich in Kauf genommen habe, nur damit du Cola trinken kannst. Oder sollte er so tun, als sei der Serviettenverband mehr ein Spaß bei dem bisschen Blut, das aus dem Schnitt lief, falls sie für solche Späße Verständnis hätte, allerdings kaum anzunehmen, wenn jemand aus einem Land kam, wo Blut eben Blut war und es noch etwas hieß, wenn man sein Blut für den anderen vergoss – eine ganze Schlange von Überlegungen, als das Essen aufgetragen wurde, die frittierten Sardinen und je ein gegrillter Fisch.

Reither beugte sich über die Tischmitte, Lass es dir schmecken – einer der Sätze, die schwer zu ertragen waren, wenn er sie vor sich sah, die man nicht einmal lesen musste, so sprangen sie ins Auge, wie ein billiges Bild, und jetzt hatte sogar die Antwort, Du auch, etwas Erhebendes. Mit einem Längsschnitt durch den Rücken nahm er den Fisch in Angriff und klappte ein weißes, glänzendes Fleisch zur Seite, er legte das Grätengerüst frei und hob es mit Kopf und Schwanz auf den vorgesehenen Teller. Aber er nahm noch nichts von dem Fisch, er trank einen Schluck Wein, um den ersten Bissen sogar etwas hinauszuzögern, und er sah sich da sitzen, wie mit Frau und Tochter, sein Weinglas am Mund, vor sich noch das ganze Essen, den Abend, die Nacht, ein schönes unverdientes Stück Leben.

Iss, Mädchen, worauf wartest du? Leonie Palm verteilte die kleinen gehäuften Sardinen, bis sie ein appetitlicher Anblick waren auf dem Teller. Willst du Zitrone, fragte sie und nahm die halbe Zitrone vom Tellerrand und drückte wie auf ein Ja ihren Saft aus, und endlich begann das Mädchen zu essen, mit der Hand, nicht mit der Gabel, bei so kleinen frittierten Dingen ja durchaus gestattet. Der Wirt kam erneut an den Tisch, er brachte noch dreimal Salat, achtlos hingestellt, weil sein Blick zur Straße ging, zu einem Polizeifahrzeug, das dort hielt, zu zwei Beamten in Schwarz, die ausstiegen und denen er mit dem Kopf, so schien es Reither, ein Zeichen gab; das alles geschah binnen Augenblicken, er hatte kaum ein Stück Fisch auf der Gabel, und im nächsten Moment griff sich das Mädchen die Zigaretten samt Feuerzeug und eine Handvoll der Sardinen und sprang vom Stuhl auf. In einem Zickzack zwischen den Tischen rannte es aus dem Bereich des Lokals, während die Polizisten gleichfalls loseilten und der Wirt etwas rief, das alle Gäste dem Mädchen hinterherschauen ließ, seiner Flucht in einen tunnelartigen Gang mit leeren Verkaufsständen und auf der anderen Seite in eine spaltartige Gasse, wo es nach ein paar Metern schon im Dunkeln verschwand. Die Polizisten gaben die Verfolgung auf, sie kamen schnaufend zu dem Wirt, er sprach mit ihnen, und einer wandte sich mit englischen Brocken an Reither, erklärte, dass solche Mäd-

chen Diebinnen seien, allesamt, man sich am besten fern-
halte von ihnen – Better stay away, sagte er, ein Rat an sie
beide, ihn, der so leichtfertig vom Balkon gewinkt hatte,
und die Frau in seiner Begleitung, jetzt mit dem eigenen
Fisch beschäftigt, nur gelang es ihr kaum, das Fleisch von
den Gräten zu lösen. Leonie zitterte.

Wie lange hatte er das nicht mehr erlebt, zitternde
Hände einer erwachsenen Frau, keiner jungen, keiner alten,
auch keiner sonst wie geschwächten, unter Entzug lei-
denden oder von Panik ergriffenen Frau, nein, einer, die
mit ihm am Tisch saß, in milder Luft bei einem Abend-
essen mit Filmkulisse, wie man es sich erträumt, und die
Hände, die den Fisch teilten, zitterten, als würden sie
den Fisch jetzt erst töten und könnten nichts dagegen
tun. Mehr ein Gefühl als ein Gedanke war das, und er
griff über den Tisch und nahm die Hand mit dem Messer
darin und hielt sie, bis das Zittern allmählich nachließ.
Lass den Fisch nicht kalt werden, sagte er und schenkte
ihr noch Wein nach.

Essen und Trinken, eine Weile geschah nichts anderes
am Tisch; Reither hatte die Serviette vom Finger genommen, auf dem kleinen Schnitt war schon eine Kruste. Ab
und zu schaute er hin, als ließe sich die Heilung verfolgen,
und als die Teller geleert waren, pustete Leonie sogar auf
die Wunde. Dieser Wirt gehört geohrfeigt, sagte sie, und
wie als Ankündigung der Ohrfeigenstrafe hörte man
plötzlich Flötengepfeife und einen blechernen Tusch. Ein
Musikantentrio kam aus dem Tunnelgang, durch den das
Mädchen geflohen war, einer mit Tschinellen, ein anderer
mit Ziehharmonika und der Dritte, ein Jüngling in Tracht,
mit einer kleinen Flöte oder Pfeife, beide Hände darum;

ein Pfeifer mit tänzelnden Schritten zu seinen lockend hellen, fidelen Tönen. Die drei formierten sich hintereinander, der Jüngling an der Spitze, und so zogen sie im Gänsemarsch zwischen den Tischen hindurch und spielten etwas, das man schon gehört zu haben meinte, als man ein Kind war, und seitdem nicht mehr, wie das Märchen aus uralten Zeiten, aus dem plötzlich ein Splitter auftaucht, funkelnd und messerscharf.

Reither winkte dem Wirt, er machte die Geste des Zahlens, Gehen wir, ich bin müde, sagte er, auch wenn die Müdigkeit eher aus den matten drei Worten bestand, ich bin müde, und er in Wahrheit von erschöpfend schmerzlicher Wachheit war, wie alarmiert durch die Musik, die Melodiensplitter. Er holte sein Kärtchen aus dem Hemd – morgen müsste er Geld ziehen, spätestens, morgen müsste er sich auch eine Hose kaufen, nicht nur andere Schuhe; und morgen müsste er wissen, was übermorgen wäre, wie es weiterginge, der Fehler von Anfang an: Schon am Achensee hatte es kein Zurück mehr gegeben. Der Wirt kam mit der Rechnung. Nicht einen Cent Trinkgeld, wenn wir ihn schon nicht ohrfeigen, sagte Leonie Palm, ein Satz gegen den Sog der Musik, und Reither tat, was zu tun war, damit sie gehen konnten, während das Trio immer noch im Gänsemarsch schritt und der mit der Flöte ein Faun war.

11

Der Boden schien unter Reither zu wanken, als er an Leonies Arm die ansteigende Gasse, an der das Lokal lag, hinaufging, über rutschige Obst- und Gemüseabfälle, über Fleischfetzen und durch rötlich schimmernde Lachen, immer noch die Nässe nach dem Reinigen des Marktes; am Arm, das hieß, er hatte eine Hand unter ihrem Arm – wieder das Paar auf Städtereise, eins von der mutigeren Sorte, auch abends ohne Führung unterwegs. Sie kamen an Ständen vorbei, wo noch im Schein geduldig kleiner Lichter Reste zum Verkauf lagen, Paprika, Tomaten, Innereien von Geflügel, auch einzelne Fische, von ihren Schuppen umgeben, abgeworfen im Ersticken; und eine Ecke weiter wurde Karten gespielt neben gestapeltem Altholz, mit Muscheln besät, Balken, über die sich schemenhaft ein Tier schleppte, erst auf den zweiten Blick erkennbar als Kätzchen. Es vermochte sich kaum auf den Beinen zu halten, immer wieder knickte es ein und kroch mehr über die Muschelsplitter, als dass es tappte, und fiel schließlich zwischen die Hölzer, so lautlos, als gäbe es bei Katzen, wenn sie klein und schwach sind, eine Schlichtheit des Sterbens. Und noch immer hörte man das Musikantentrio, vor allem die Flöte, ihr Auf und Ab – gut denkbar, dass ein ganzer Zug von Bettelkindern hinter den dreien herlief.

Wo sind wir? Leonie Palm hatte nur auf ihre Füße geachtet, wo sie hintrat mit den offenen Schuhen, nicht auf den Weg, und Reither ging noch ein Stück, bis sie auf einen Platz kamen, der Piazza Mazzini hieß, umgeben von alten blassroten Gebäuden, zweigeschossig mit Vordächern, gestützt von Säulen, ein schmuckloser Platz, unter den Vordächern die Tische von Lokalen, und wo sich zwei Straßen in der Mitte kreuzten, standen auf einer Gestrüppinsel Männer in Trainingsanzügen und rauchten. Der Platz, wo man angeblich frühstücken kann, sagte Reither. Und wir müssen in die Straße, die sich krümmt und dann immer enger wird, oder was machen wir? Ein schwacher Versuch, noch nicht in die Wohnung zu gehen, noch nicht entscheiden zu müssen, wer wo schläft, auch wenn es für ihn auf die Couch hinausliefe. Seine Mitbewohnerin streckte sich, wie in Erwartung des Betts, sie gähnte mit einem Lächeln, einer Bereitschaft für die Fänge des Schlafs, dass man sie nur, eine Hand in ihrem Rücken, in Richtung der Vicolo della Lanterna lenken konnte. Ein Weg vorbei an noch offenen kleinen und kleinsten Kaufläden mit arabischen Schriftzeichen an der Tür, vorbei an schwarzen Müllsäcken auf dem Gehsteig, wie gequollen aus Lücken zwischen den Häusern, gerade noch breit genug, dass jemand dort hinein verschwinden konnte zu einem Quartier für die Nacht. Je schmaler die Straße wurde, desto weniger Leute standen herum, nur manchmal noch ein murmelndes Männerpaar, beide in langem Gewand, und nach der Krümmung war man schon in der winzigen Gasse, in der das Auto stand – winzig, ein Wort, das ihm widerstrebte, nur bot es sich an, fast hätte er gesagt, wir sind da, in unserer winzigen Gasse, aber dann sah er in einem Eingang neben dem Haus mit den umrankten Balkonen etwas Fetzenkleid und ein paar

Füße in Flipflops und auch das Glimmen einer Zigarette, wie gehalten in hohler Hand. Und mit einem Arm um Leonies Schulter, fast einem Griff darum, wollte er den Gang der Dinge noch beeinflussen, sie, die Palm, schnell zur Tür lenken, nur schon den Augenblick zu spät. Das Mädchen, sagte sie, da ist es wieder, steht da und raucht. Als hätte es uns erwartet.

Sie, sagte Reither. Sie hat uns erwartet.

Und woher weiß sie, wo wir wohnen? Leise und etwas erschrocken kam das, die alte Geschichte, woher weiß eine, wie ich heiße, wo ich wohne, sage es mir, damit ich beruhigt bin, und Reither, längst stehen geblieben, legte den Arm noch mehr um Leonie Palm. Sie weiß es, weil sie vorhin schon hier war. Ich habe sie vom Balkon aus gesehen. Und sie mich auch.

Warum erfahr ich das jetzt erst?

Es erschien mir nicht wichtig, als wir vorhin zum Essen gingen. Sie war weg, verschwunden.

Aber als sie in dem Lokal wieder auftauchte, hättest du's mir sagen können. Ich habe sie schon vorhin gesehen und sie mich auch. Darum ist sie hier. Warum hast du es nicht gesagt?

Warum fragst du mich das?

Weil wir heute Nacht eine Wohnung teilen. Oder teilen wir uns keine Wohnung? Noch eine leise Frage, sie strich sich das Haar aus der Stirn, wie um ihm die Stirn zu bieten, fast hätte er sie dort berührt, er hob schon die Hand, Leonie drückte sie weg, Nicht jetzt. Und lass dich nicht von meinem Haar täuschen, das ist nur Biologie, das hat mit mir nichts zu tun, ich werde auch deins für keine Mähne halten, einverstanden? Sie nahm ihre

Lippe zwischen die Zähne, und Reither sah zu dem Hauseingang, dem roten Kleid und einem Augenpaar. Sie schaut zu uns, sagte er, was sollen wir tun?

Wir lassen sie auf der Couch schlafen, das tun wir.

Zwei Männer kamen vorbei, jeder mit einer Hand im Rücken des anderen, jeder mit weißem Käppchen und in grauer Kutte, und das Mädchen war auf einmal unsichtbar. Sie ist noch ein halbes Kind, sollen wir uns strafbar machen? Reither griff in seine Taschen, er suchte die Zigaretten, er suchte das Feuerzeug, aber das Mädchen hatte sich ja beides geschnappt. Strafbar vor wem? Die Palm sah ihn an, sie flüsterte jetzt. Wir machen uns strafbar, wenn sie auf der Straße schläft.

Irgendeinen Platz wird sie haben.

Dann hätte sie hier kaum auf uns gewartet.

Gib ihr Geld, und sie wird gehen. Oder was willst du von ihr, was? Reither trat einen Schritt zurück, er sah zum Himmel, ein stummes Lieber Gott, es reicht; der Himmel war sternlos, dunkel, bis auf das Blinken eines Flugzeugs, fast ohne Geräusch dazu, ein Flugzeug, das in die Nacht flog, allem davon, so schien es, während er hier stand, flügellos am Boden. Er sah wieder zu dem Hauseingang. Das Mädchen war ein Stück vorgetreten, seine Zigaretten und sein Feuerzeug in der Hand. Leonie Palm machte ihr mit dem Kopf ein Zeichen, he, komm zu uns. Von dem Mädchen will ich nichts, sagte sie. Ich will etwas von dir. Sei auf ihrer Seite.

Auf ihrer Seite? Das ist nicht deine Tochter. Und meine schon gar nicht, die gab es nie! Ein lautes, fast erbostes Wort, wie ein Vorbeugen gegen die Unterstellung, dass er auch eine Tochter gehabt habe, nur eben nicht zur Welt gekommen, leider, während ihre mit der Welt nicht zurechtgekommen war und sie nicht mit dieser Tatsache zurechtkam – wer sein Kind verliert, Leonie, den haben die Götter verlassen! Um ein Haar hätte er ihr das auch noch gesagt, aber dann kam er mit etwas ganz anderem, wieder leise und zu ihr gebeugt. Die Polizei ist hinter ihr her, sagte er, wir haben es doch gesehen. Also geben wir ihr jetzt Geld, alles, was wir noch haben in bar, und sie wird glücklich davonziehen. Mehr kann man nicht für sie tun.

Noch einmal gingen zwei Männer vorbei, wieder in langen Gewändern, beide in murmelnder Unterhaltung und halb umarmt, ein friedliches Bild, der kleine Abendgang, nur hätten es auch Männer sein können, die murmelnd etwas verabreden, ein Schleppergeschäft, einen Raub, einen Mord, man weiß es eben nie, man kann immer nur hoffen, hoffen, dass der Schein trügt. Leonie legte die Stirn an sein Kinn, sie war ja kleiner als er, nur alles andere als klein – gut eins siebzig bestimmt; wie einfach die Welt wäre, wenn sich darin alles auf Zahlen beschränkte, man mit der richtigen Zahl auch für alles die Lösung hätte. Ja, vielleicht, sagte sie. Vielleicht geben wir ihr das Geld, und sie geht, willst du das? Sie sah ihn an, eigentlich der Blick vor einem Kuss, dem so schwierigen, unabsehbaren ersten, und er hielt sie am Arm, oder hielt sich an ihrem Arm, eher das, und sagte Ob ich das will, ich weiß es nicht, wahrscheinlich schon, was könnten wir denn sonst auch tun.

Wir können ihr ein Bett anbieten, einen eigenen Raum sogar. Und ein Klo, eine Dusche, frische Handtücher. Und morgens ein Frühstück und später auch noch richtige Schuhe.

Reither sah zu dem Mädchen, es war noch etwas näher gekommen, stand da und schaute zu Boden, ein stilles Verharren oder Warten auf ein Urteil, das sie betraf. Warum ist man wohl hinter ihr her? Weil sie eine Diebin ist. Lass sie bei uns schlafen, und sie wird sich alles nehmen, sobald wir schlafen.

Was haben wir denn dabei? Nur uns. Sag mir einen guten Grund, sie wegzuschicken, und ich geb ihr Geld und schick sie weg. Einen Grund, Reither, einen.

Weil es unter Umständen kein Zurück mehr gibt, wenn sie bei uns übernachtet. Wir wollten bis zum Achensee fahren und dort die Sonne aufgehen sehen, jetzt sind wir hier in Sizilien.

Und haben wir uns etwa verirrt? Seine Mitreisende drückte ihm die Stirn ans Kinn. Nein, wir haben es bis hier geschafft.

Du überschätzt dich, sagte Reither und nahm eine Hand an den Mund, um gar nichts mehr zu sagen, nur noch zu sehen, was passierte, den Gang der Dinge abzuwarten, als hätte er damit nichts mehr zu tun, und es dauerte nicht lange, keine zehn seiner Herzschläge bis fast in den Hals, dann passierte schon etwas, wie eine Folge, dass plötzlich Stille herrschte, kein Gerede und kein Geraune mehr war. Das Mädchen trat auf sie zu, auf das reisende Paar mit Auto, oder was sollte sie sonst denken; sie reichte ihm, dem Mann, die Zigaretten und der Frau das Feuerzeug, in ihren Augen wohl eine gerechte Verteilung oder versöhnliche Geste zu gleichen Teilen, und Reither sperrte die Haustür auf, das passierte dann auch, aber ihm passierte es, seiner Hand, seinem Rückgrat, während Leonie Palm dem Mädchen mit den Händen an der Wange ein Zeichen machte, das gebräuchliche Zeichen für guten Schlaf, wenn auch nicht überall gebräuchlich, nur wo es Betten und Kopfkissen gab, aber das Mädchen verstand, was gemeint war. Es machte ebenfalls ein Zeichen, eins der weltweit gebräuchlichsten sogar, das des Lächelns, schwach um den Mund mit Blick auf die eigenen Füße, und Reither gab wie ein Portier den Weg frei.

Ein Moment, der sich einprägen würde – er spürte es förmlich, an den Armen und dem verletzten Finger, als sich seine Haut verengte –, der Moment einer unwiderruflichen Aufforderung, komm, komm mit uns, wir nehmen dich auf, werd unser Kind, unsere Tochter; ein Beengen, das noch zunahm, während er hinter der Palm und dem Mädchen die Treppe hinaufging und sich dann oben auf die Türschlossmechanik besann. Erst beim Vorauseilen in die Wohnung, gleich bis auf den Balkon, gab die Haut wieder nach. Er rauchte auf dem Balkon, die Zigarette für die berüchtigte innere Ruhe, er überlegte, wie die Gegenwart zu regeln wäre, das Waschen, das Schlafen, die Intimität, und als er nach der Zigarette in den Wohnraum trat, hatte sich alles schon geregelt. Sei leise und mach kein Licht, sagte Leonie, eine Anweisung aus dem Bad, also ging er auf Socken in das Halbdunkel und sah den geschehenen Lauf der Dinge – das Mädchen lag in dem Fetzenkleid auf der Couch, zur Wand gedreht; am Boden waren ihre Flipflops und nur einen Schritt weiter die Libellenschuhe. Er ging ins andere Zimmer und holte eine Wolldecke, die dort auf dem Bettende lag, er bedeckte das Mädchen damit. Es schlief schon.

Ein Kind schläft, und die Eltern sagen nur noch das Nötigste, flüsternd, wenn die Wohnung klein ist, zwei

Räume, die ineinander übergehen, dazwischen nur ein Vorhang; man bewegt sich auf Zehenspitzen, dreht das Wasser nicht zu weit auf im Bad, drückt auch nur kurz die Klospülung und macht kein Licht mehr auf dem Weg zum Bett und zieht sich im Sitzen aus, jeder auf seiner Kante. Und selbst das Hinlegen geschieht noch so, dass ja kein Knarren nach nebenan dringt, das Kind aus seinem Schlaf holt und womöglich ans Elternbett taumeln lässt – all das ließ sich noch regeln, es betraf den Moment, die äußere Ordnung, nur bleibt es nicht bei dem einen Moment, wenn zwei sich gefunden haben, da kommt leicht ein Moment zum anderen, oder warum war seine innere Ruhe schon wieder dahin? Auch das spürte Reither förmlich, ein Ziehen an den Armen und dem lächerlichen Schnitt am Finger.

Sie lagen auf dem Rücken, Leonie Palm und er, beide die Hände im Nacken, eine falsche Bequemlichkeit, nur um auf diese Art still zu liegen, kein Geräusch zu machen, selbst leise zu atmen, höchstens mit feinem Geström in der Nase – Reither hörte es bei sich, die Zimmerdecke im Blick, darauf ein Geschimmer von entfernter Straßenbeleuchtung, ihrem gelblichen Restschein, der durch das Geranke um den Balkon hereinfiel. Und von Ferne auch noch einmal die Musikanten, die lockenden Töne des Pfeifers, sogar in einem Salzhauch vom Meer durch die offene Balkontür ins Zimmer getragen, oder lag das am Duschwasser mit feinem Salzgeschmack? Wir wissen nicht einmal ihren Namen, flüsterte er. Wir wissen nichts von ihr.

Dann erfinden wir einen Namen, entweder nimmt sie ihn an oder verrät uns den eigenen, was spricht dagegen?

Eine Frage mit Seitenblick, in den Augen etwas – Glanz wäre zu viel gesagt –, das ihn eine Hand aus dem Nacken nehmen ließ, damit er auch zur Seite schauen konnte, auf einen Mund, der etwas aufstand, als käme noch ein Wort oder Laut. Und er legte einen Finger auf den Spalt zwischen den Lippen, was heißen sollte, reden wir besser morgen und schlafen jetzt, einen Finger der Vernunft, den Leonie Palm erst küsste und danach sachte anhob und wegschob; und auch wenn sie ihn nur angehoben hätte und sachte beiseitegeschoben, wäre es wohl um ihn geschehen gewesen – ein Ausdruck, den er früher mit drei Fragezeichen versehen hätte, ebenso Worte wie unfassbar, paradiesisch oder Gnade. Aber den Kopf seiner Mitbewohnerin zu umarmen und sie zu küssen, ohne noch ein Wort zu verlieren – wie auch, wenn man sich selbst übertrifft –, und von ihr, Leonie Palm, zurückgeküsst zu werden, war unfassbar und auch paradiesisch, eben eine Gnade, die ihn gerade noch genug Atem holen ließ, um sich ihrer bewusst zu sein. Und der Kuss, der dauerte an, hatte seine eigene Zeit, die mit der übrigen Zeit in keiner Verbindung stand, ja Zeit war das falsche Wort dafür; es war eine einzige Aussöhnung mit dem Vergänglichen, man war Besiegter und Sieger zugleich, seinem Gehäuse entrissen und zugleich aufgehoben, bis die Consecutio Temporum dann doch in den Kuss eindrang mit der Frage, wer ihn wie beendet. Es gab kein Rezept für solche Fragen, das wusste er seit langem, überhaupt gab es keine Regeln für solche Stunden und Nächte, auch wenn es kaum ganze Nächte, ja nicht einmal ganze Stunden waren; erst später wird es so gewesen sein, im Rückblick, und dann, das ahnte er, waren es die

Nächte in einem Leben, die es am Ende leichter machen, auch vom Leben zu lassen.

Tu das weg, zieh das aus, sagte Leonie, und sie meinte zwei Teile, die er in Affi gekauft hatte, dunkelblau und nicht ganz passend, auch nicht passend im Bett. Und kaum war es getan, sagte sie seinen Namen, den vollständigen, wie zu Beginn einer amtlichen Handlung, die Feststellung der Personalien, und er sagte auch ihren Namen und nicht, was sich aufdrängt in solchen Momenten, danach wusste er nicht mehr, was als Nächstes käme. Er kannte nur die üblichen nächsten Schritte, wie er die Schritte zu einem Buch kannte, einem, das nicht durchfiel; aber wenn es herausragen sollte, das Frühjahr oder den Herbst überdauern, waren es Sprünge und keine Schritte. Ganz selten in all den Verlegerjahren, vier-, fünfmal höchstens, war für ihn nach kaum einer Seite, noch gelesen im Stehen, fast von einem Moment zum anderen entschieden, dass aus dem, was er da in den Händen hielt, ein Buch werden sollte, eigentlich eine Liebesentscheidung, das Ja aufgrund einer Schwäche, seiner Hingerissenheit von ein paar Sätzen, die gereicht hatten, ihm eine Welt aufzustoßen, in die er den Sprung wagen konnte. Komm jetzt, Reither, komm zu mir, sagte Leonie, sie hatte das letzte Wort. Ihm blieb nur zu atmen, am Leben zu sein, hellwach vor Glück, fast alarmiert, weil diese Art Glück – der Treffer, nicht die Seligkeit, das hatte er immer wieder verwechselt – an seidenen Fäden hängt, dem etwas falschen Geruch, der kleinen ungeschickten Bewegung, dem Gesicht, das fremd wird, je näher es kommt. Nur stand es nicht mehr in seiner Macht, diese Nähe noch aufzuhalten, so wenig, wie es in ihrer stand, nicht alles dafür zu tun. Ein Geschehen, unaufhaltsam und in größtmöglicher Stille; da war nur das Knistern in Leonies Haar, jedes Mal wenn es sich am Kissen oder Laken entlud, und sein Anprall an ihre weichen Klippen. Sie schliefen zusammen – so hätte er es in dem Fall genannt, ein Ausdruck, der plötzlich da war, nicht weniger als die Frau in seinen Armen, nur dürfte man es so nicht erzählen, nicht einfach sagen, sie schliefen zusammen, höchstens sagen, sie hatten es getan, nun war es vorbei, wie auch der echte Schlaf irgendwann vorbei ist, und erst dann lässt sich sagen: Ich habe geschlafen. Oder eben: Ich habe mit einer Frau geschlafen. Denkbar dann sogar manche Details, auch wenn er nicht gewusst hätte, wie davon zu erzählen wäre und ob man es sollte. Reither lag wach, die, mit der er geschlafen hatte, in seinem Arm. Wie erzählt man vom noch unsicheren, wankenden Lieben, den Anfängerdingen im Bett? Einmal nur, ein einziges Mal, hatte er in der Einsendung einer Frau etwas Wahrhaftiges über das erste Liebesgeschehen gelesen, wenn zwei noch kein Vertrauen haben in das, was sie tun, es so vorsichtig tun, als würden sie dem anderen Verbände abnehmen und eine Wunde säubern. Kaum eine Seite war das, nicht mehr, und er hatte der Frau sofort geschrieben, dass er sie treffen wollte, um über ihr Buch zu reden, bei ihr – sie wohnte in Köln, was ja nicht weit war – oder bei ihm, aber sie hat ihm nicht geantwortet, nie, und er besaß keine Telefonnummer, nur ihren Namen und eine Postleitzahl, man war noch gut ein Jahrzehnt von den Netzwerken und all dem mühelosen Detektivspielen entfernt. Und so stand er am Ende alleine da mit der Seite über einen Mann und eine Frau, die in einem Hotelzimmer am Stadtrand zusammenkommen, nach stundenlangem Reden und unzähligen Zigaretten; auf einmal zieht sich die Frau, die nicht mehr jung ist, aus und legt sich aufs Bett und winkelt ein Bein ab, nur eins, und der Mann, auch nicht mehr jung, beugt sich über sie und drückt den Mund auf ihr Geschlecht. Er saugt sich dort fest, als würde er sonst abstürzen, dorthin, woher er gekommen ist, und sie, die Frau, greift nach ihm, sie zieht seine Kleidung weg, Hemd und Hose, und saugt sich ebenfalls fest, um nicht dahin abzustürzen, wo sie herkam, aus einem maßlosen Kummer. So liegen sie da verkeilt, bis es vorbei ist, gut ist, getan, danach kippen sie auseinander, jeder liegt auf seiner Seite, nur ihre Hinterteile berühren sich noch, ein leichtes, fast befremdliches Kleben – genauso war es, von Anfang bis Ende, als hätten sie die Seite als Vorlage gehabt.

Und die meisten sprachen, wenn es um erste Nächte ging, vom Ertrinken in einem Meer von Liebe, er hatte das immer wieder gelesen und den Kopf geschüttelt. Das Meer und die Liebe, da gab es nur die Verbindung, dass man beides nicht sah. Wie man auch nicht sehen konnte, dass man im anderen war; spüren ja, aber nicht sehen. Dafür konnte man in all der Zeit, in der man mit jemandem lebte, Tag und Nacht etwas sehen, wie der andere sich anzog und auszog, wie er aß, wie er schlief, wie er sich kämmte oder die Fußnägel schnitt. Mit jemandem leben war überschaubar, im anderen sein, das gehörte schon mehr dem Schlaf an als der Wachheit, oder warum hieß es miteinander schlafen. Und wo eigenes Lebendigsein in das des anderen dringt, will man gar nicht mehr aufwachen – er, Reither, hatte es nicht gewollt, die Arme noch zuletzt um zwei Schenkel gelegt und das Gesicht an einer Kehle wie die von Tieren, wenn sie sich anderen in der Gewissheit ergeben, lebend davonzukommen. Augen zu und durch, heißt es, der Rest ist Glück, aber für ihn war es nicht das Glück des Davonkommens, es war das einer verrückten Dankbarkeit: als der, der er ist, sogar geschlossenen Auges eine Welt zu erleben.

Das Erste, das er wieder sah, klar in Form und Bedeutung, waren die auf dem Nachttisch abgelegten Zigaretten und das Metallfeuerzeug, dazu kam Murmeln von der Gasse, letzte Worte vor dem Zubettgehen oder schon erste auf dem Weg zur Arbeit – er hatte kein Zeitgefühl mehr, auch kaum noch Gefühl, wo er war, in einer Stadt am Ionischen Meer; er war nur nah an einem Gesicht, das auch aus solcher Nähe noch das Gesicht war, das ihn dankbar machte. Gute Nacht, Reither.

Das alte Wort, das zum Einschlafen reicht, wenn es leise aus dem Dunkeln kommt, Gute Nacht, war das letzte Wort vor den Stunden, über die es keine Auskünfte gibt. Und das Nächste, das wieder ganz dem Erzählbaren angehörte, deutlich zu sehen mit den ersten Sonnenstrahlen, war nicht das Gesicht, das ihn dankbar sein ließ, es war das des Mädchens. Ganz still stand es neben dem Bett und sah auf ihn herunter und machte die Evidenz der Welt unanfechtbar.

12

Wie heißt du? Eine leise, sinnlose Frage, leise, weil an seiner Seite jemand schlief, ganz in die Decke gerollt, nur das Haar quoll hervor, und sinnlos, weil es keine Frage war in der Sprache des Mädchens. Sie stand barfuß da, mit seltsam steifen Armen, die Hände nach außen gewinkelt, wie zur Abwehr einer Bedrängnis oder noch nicht sichtbaren Gefahr; ihr Fetzenkleid war vom Liegen verrutscht, mit einer Spannung über der Brust. Reither sah das alles genau und tastete nach den Zigaretten und dem Feuerzeug, um es nicht ganz so genau zu sehen und überhaupt mehr zu tun, als nur auf das Mädchen zu sehen, ein Tasten noch etwas benommen vom Schlaf, und das Feuerzeug fiel dabei vom Nachttisch und schlitterte über den Steinboden, das hörte er, es prallte von der Wand ab und schlitterte zurück, unters Bett, denn er sah es nicht mehr. Dafür sah er das Mädchen in die Hocke gehen und wie es sich bückte und unter das Bett griff; und schon war sie wieder auf den Beinen, strich mit einer Hand ihr Kleid glatt, über den Knien, über dem Schoß, und reichte ihm mit der anderen schnell das Feuerzeug.

Danke, sagte er, danke, wie heißt du? Noch einmal die sinnlose Frage, als das Mädchen schon wieder still stand, die Hand, mit der sie ihr Kleid geordnet hatte, nach außen gewinkelt – ihr Kleid, nicht sein Kleid; und sie stand da und sah auf ihn herunter, nicht es stand da –

die Grammatik muss sich dem Leben beugen, oder man lebt nicht, man denkt nur, man lebe. Er zog eine Zigarette aus der Packung und schob sie gleich wieder hinein, wenn er nicht rauchte, würde auch sie nicht rauchen wollen, nur gab es dann auch nichts zu tun, außer sie anzusehen. Er konzentrierte sich jetzt auf den Anhänger an ihrer Halskette – ein größerer Splitter von etwas konnte das kantige Stück auch sein, aufgesammelt nach einem Unfall, einer Explosion, Teil eines Tanks oder Vergasers oder einer Gasflasche oder womöglich jener Granate, die ihre Eltern zerrissen hat, das wäre dann die Fernsehversion, das bewegte bewegende Bild. Nur hätte sie in dem Fall kaum die Kette zum Kauf angeboten, wenn es überhaupt so ein Angebot war und nicht nur das Zeigen von Kette und Anhänger, seht, was meine Eltern getötet hat, und gebt mir etwas Geld, damit ich leben kann. Was ist das? Reither zeigte auf den Anhänger, mit der anderen Hand zog er sich die Bettdecke bis an den Hals, das alte alberne Kinobild bei überraschendem Schlafzimmerbesuch, auch wenn es im Film immer Frauen waren, Blondchen, die wohl nichts anhatten unter der Decke, man sah es ja nie, während er mit Sicherheit nichts anhatte; die beiden abgelegten Teile aus Affi, sie lagen auf dem Boden, das sah er jetzt, und das Mädchen musste sie auch sehen. Ihr Blick ging auf die nackten Füße, fast hätte er gesagt, zieh dir Socken an, der ist zu kalt, der Boden, ein Satz, den er mehrfach gehört hatte bei seinen Bekannten mit Kindern, zieh dir Socken an auf dem kalten Boden, bitte. Oft kam dann noch dieses dringende Bitte, und wenigstens das wollte er ausprobieren, anwenden. Bitte, please, lass uns noch etwas schlafen, wir kommen dann, gehen alle frühstücken, hörst du? Mit kleinen hilflosen Gesten sagte er das, rund um das einzige Wort, zweimal, dreimal leise please, und da kam eine Hand von der Seite, Leonies bettwarme Hand auf seinem Bauch, Ich muss nicht mehr schlafen, sagte sie, stehen wir auf, komm.

Mit einem Komm hatte die Nacht angefangen, mit einem Komm ging sie zu Ende, und als hätte das Mädchen irgendetwas verstanden, tat es einen tiefen Atemzug, wie ein Seufzen im Schlaf, und war auf einmal ganz Kind, ein Sekundenkind, und verließ damit den Raum, aber nicht die Wohnung; kein Türgeräusch, auch kein Wasserrauschen, kein Laut von nebenan. Reither nahm die Beine aus dem Bett, er fuhr sich durchs Haar, nackt und etwas fröstelnd saß er auf der Kante, irgendwie musste dieser Tag anfangen; er musste ihn anfangen, statt vor sich hinzuschauen wie in Erwartung eines morgendlichen Wunders, dass sich das Mädchen etwa in Luft auflöste und sie wieder allein wären, Leonie Palm und er, in Ruhe frühstücken könnten, um dann durch die Stadt zu streifen und später weiterzufahren, nach Syrakus, nach Enna, nach Palermo. Er zog zwei der am Boden liegenden Teile an, Hose und T-Shirt, und setzte die Polizeisonnenbrille auf, so trat er an die Balkonbrüstung und sah durch das Gezweig auf die Gasse, mit den langen Schatten des Morgens, wenn dort jemand ging.

Hat sie etwas gesagt, ihren Namen? Eine Frage aus dem Zimmer heraus, Reither drehte sich um. Die Frau, mit der er geschlafen hatte, saß auf der Bettkante, wie er zuvor; Leonie zog ihre Wäsche an, die neue Jeans, das Hemd vom Abend. Und er nahm die Brille ab, um es richtig zu sehen, nicht mit märchenhafter Tönung. Nein, sie hat nichts gesagt, kein Wort.

Und du, hast du nicht etwas gesagt? Sie streifte sich den Pullover über, und noch ehe ihr Kopf aus dem Kragen kam, war Reither am Bett und auf den Knien – vor dem Bett lag ihre Umhängetasche, ein paar Dinge waren herausgerutscht, Wohnungsschlüssel, ein Kamm und Tabletten, zwei Schachteln mit handschriftlichen Vermerken darauf, außerdem ihr Buch mit dem befleckten Umschlag. Ja, sagte er, ich habe etwas gesagt. Angedeutet, dass wir noch schlafen wollen, please, sagte ich, please. Und sie hat es verstanden, die Kleine versteht eine ganze Menge – er tippte an das Buch, an die Weinflecken –, und was ich nicht verstehe: Warum hat das Buch keinen richtigen Titel, nur diesen erfundenen Namen? Er räumte die Tasche am Boden ein, alles, was um sie herum lag, den Kamm, den Wohnungsschlüssel, das Buch, die Tabletten, so herausgefallen, als wäre er nachts mit dem Fuß gegen die Tasche gestoßen, oder das Mädchen hätte darin gewühlt. Ich weiß es nicht, sagte Leonie Palm. Muss ich es wissen? Mir gefiel dieser Name, Ines Wolken, das hat etwas Leichtes, ich habe mich damit weniger geschämt, noch am Leben zu sein. Vielleicht sollten wir dem Mädchen so einen Namen geben, möglich, dass sie dann redet. Ja, sie versteht eine ganze Menge, darum ist sie auch bei uns, Reither. Ihr ist klar, wo wir herkommen, und dort will sie hin. Wir müssen ihr jetzt nur kaufen, was sie für den Anfang braucht, Laufschuhe, Sweatshirt, Leggins, Waschzeug, eine Jacke, einen Rucksack, was noch? Leonie Palm kämmte ihr Haar mit den Fingern und stand dabei auf, während er weiter kniete. Für den Anfang wovon?

Das werden wir alles sehen – die Palm hielt ihm eine Hand hin, als wäre er gefallen und nicht auf die Knie gegangen, er nahm die Hand und ließ sich aufhelfen. Das werden wir alles sehen, einer der Sätze, gegen die sich schwer etwas einwenden ließ, also kam er auf das Buch zurück. Das Buch über deine Tochter – angenommen, ich hätte es gemacht, aber dafür einen klaren Titel verlangt, wie hättest du's genannt?

Ich weiß es nicht, muss ich es wissen, sagte sie wieder, etwas lauter jetzt, und fast wäre seine Hand in ihr Haar gegangen, nach all der Umarmung im Bett eigentlich legitim, eine Morgenzärtlichkeit. Stattdessen bat er sie, die Augen zu schließen und nicht nachzudenken, nur zu sagen, was ihr durch den Kopf gehe. Und sie schloss die Augen, zwei gereizte Fältchen dazwischen. Was mir durch den Kopf geht – Widerfahrnis.

Und warum gerade das?

Muss ich das wissen? Sie griff sich die Tasche und lief damit Richtung Bad; Reither zog sich an. Im Grunde hatte er's geahnt, das Überrollende in dem Buch, schon als er von seiner zu ihrer Wohnung hinter ihr hergegangen war, über einen neuen Umschlag nachdachte. Aber Widerfahrnis, das war mehr als die vergessene Heimsuchung – da muss man nur hinhören, muss nur hinsehen, dann ist es die Faust, die einen unvorbereitet trifft, mitten ins Herz, aber auch die Hand, die einen einfach an die Hand nimmt – ein Titel, den er wohl hätte gelten lassen. Er schloss noch sein Hemd, dann ging er auf Schuhspitzen in den Wohnraum, als würde das Mädchen noch auf der Couch schlafen, und dabei saß sie auf dem Boden, und er nickte ihr nur zu, statt noch verspätet guten Morgen zu wünschen oder sonst etwas zu sagen, auf das sie nichts erwidern könnte.

Das Mädchen reparierte einen ihrer Flipflops, sie sah kaum auf, als er näher kam, dafür hielten die dunklen Hände einen Moment inne, wie die einer Blinden, die auch Antennen sind, nur war sie alles andere als blind; sie war auch nicht gehörlos oder stumm, da hatte er keinen Zweifel, sie war höchstens verschlossen, in einer eigenen, beengten Welt, gleichzeitig aber hellwach, auf der Suche nach einer Lücke in eine andere, aussichtsreichere Welt. Reither setzte sich auf die Couch, er verfolgte die Reparatur, konnte nur zuschauen und nicht etwa andeuten, dass es bald sowieso neue Schuhe gäbe. Es war keine einfache Arbeit, der vordere Gummistrang, der dem Fuß zwischen zwei Zehen Halt gibt, drohte aus der Sohle zu brechen, sie verstärkte sein Ende mit dünnem Draht, als hätte sie den bei sich gehabt. Ein überlegtes Umwickeln war das, wobei sie noch einmal innehielt, nun fast zu ihm gesehen hätte, und er war nahe daran, ihr zu helfen, etwa für den Draht ein Loch in die Sohle zu bohren, ihn hindurchzuziehen, aber da wurde das Bad frei; Leonie Palm, wie nach den Dingen im Bett in neuer Schale, hielt ihm noch den Vorhang auf. Das Wasser ist bloß ein Rinnsal, du musst dich nicht rasieren, sagte sie, und er trat an ihr vorbei, schloss den Vorhang und rasierte sich doch, auch für das Mädchen – nicht dass er sich verjüngen wollte, nur das Gesicht von der Nacht befreien, fast etwas kopfschüttelnd sah er sich dabei zu. Und er blieb dann auch Zuschauer, als sie zu dritt aus dem Haus gingen, wie eine kleine Familie, das Mädchen aber gleich etwas abgesetzt; eher zu zweit, die Eltern für sich, gingen sie durch die morgendliche Geschäftigkeit bis zu dem Platz mit der bewohnten Insel in der Mitte, bewohnt von denen, die dort im Gestrüpp lagen. Es gab nur eine Café-Bar in einem der halbrunden Gebäude, schräg über dem Eingang war der Name des Platzes in den alten Stein eingemeißelt, Piazza Mazzini – für Reither ein gutes, ein beruhigendes Bild.

Und in der Bar griff er auch wieder ein ins Geschehen, als die Palm dem Mädchen gleich heiße Milch bestellte, Was soll das, frag erst, was sie will, sagte er, aber da wurde die Milch schon zischend erhitzt, und Leonie bestellte noch süße Stückchen, einen Toast und zwei Espresso, Dinge, die fix auf die Theke kamen, und sie stärkten sich im Stehen. Reither rührte im Kaffee – er müsste Geld ziehen, ehe sie auf die Einkaufstour gingen, oder alles mit Karte bezahlen, was aber nach unendlichen Vorräten aussehen könnte, als wäre Geld nichts für ihn, eine Spielerei, und für das Mädchen wäre es alles. Er trank die kleine Tasse aus. Sonne schien in die Café-Bar, ein Morgen, fast frühsommerlich, nur lose Wölkchen am noch blassblauen Himmel und auf dem Platz schon reges Leben, Frauen mit Tüten und Körben, Männer unterwegs mit Ersatzteilen, einem Auspuff, einer Felge, mit Karren voll Waren, Töpfe, Matratzen, Obst – schön fürs Auge, nichts für ein Buch. Das Mädchen hatte keinen Blick für das Treiben, auch keinen Blick für die, die neben ihm standen; es konzentrierte sich auf den Toast und die Milch, die Augen nur auf dem, was die Hände zum Mund führten. Reither beugte sich zu dem Haar, das sein Gesicht bedeckt hatte. Wir kaufen ihr jetzt die paar Sachen, sagte er, danach bringen wir sie zu einer Flüchtlingseinrichtung, dort wird man sich kümmern um sie, wird ihr schon weiterhelfen. Und wir beide, wir könnten nach Taormina fahren, das Amphitheater hoch über dem Meer, das muss man gesehen haben.

Warum fahren wir dann nicht zu dritt, oder muss sie es nicht gesehen haben? Leonie Palm zog den Pullover aus, zog ihn sich über den Kopf und legte ihn um die Schultern, und ihr Haar hatte wieder etwas, als käme sie eben aus dem Bett, das Mädchen schaute sogar für einen Moment hin, wer da eigentlich neben ihr stand, so zerzaust, während sie selbst gekämmt war, ohne jede Spur von der Nacht auf einer Couch, ein Sekundenblick war das, die Hände um das Milchglas. Reither legte Geld auf die Theke, sein letztes Bargeld. Wir können sie nicht einfach mitnehmen, soll man uns verhaften? Er sah auf eine Wanduhr über dem Flaschenregal, die Zeiger kreisten um den Ätna mit roter Fontäne; es war schon bald zehn, und bis Mittag hatten sie die Wohnung, den Parkplatz, also wären die Einkäufe jetzt zu machen. Komm, gehen wir, gehen wir einkaufen, sagte er, Worte, die wie nichts in den Tag führten – einkaufen in fremder sonnendurchfluteter Stadt, wenn es kein Abendziel gab, man dahin oder dorthin konnte, ein urlaubshaftes In-den-Tag-Gleiten zu zweit, wie er es fast schon vergessen hatte.

Nur verließen sie dann zu dritt die Bar und überquerten den Platz und schoben sich in das Gewimmel der Nebenstraßen, Leonie kaufte mit dem Restgeld an einem Stand Apfelsinen; sie bot dem Mädchen eine an, aber es sah gar nicht hin, ging auch immer einen Schritt voraus oder hinterher, als hätte es mit dem Paar auf Städtereise nichts zu tun; erst als sich ein Laden fand, in dem es alles zu geben schien, was gekauft werden sollte, kam sie in ihre Mitte und trat durch die offene Tür wie eine angenommene Tochter. Es war ein labyrinthischer Laden mit arabischen Schriftzeichen an der Kassentheke, rot auf hellem Grund, Buchstaben wie kleine Krummsäbel, Haken und Blutspritzer – so konnte man es sehen, auch wenn es ein falscher Blick war, nur nehmen Augen darauf keine Rücksicht; dazu noch jammernde Musik aus einem Radio und ein Besitzer mit Kappe, Bart und weißem Gewand. Es ist der falsche Laden, sagte Reither, ein Versuch, seine Sicht abzuwälzen, wie er früher das Zuviele oder Peinliche verbannt hatte – Krummsäbel, Haken, Blutspritzer, das hätte er glatt gestrichen, nur war das Leben keine Neuerscheinung im Reither-Verlag, zumal es den gar nicht mehr gab. Komm, lass uns gehen, sagte er, aber da war Leonie schon mit dem Mädchen in der Schuhabteilung, in einem spaltartigen Gang mit Waren bis zur Decke, und der Besitzer folgte ihnen mit einer langen Stange, an der Spitze ein tatsächlicher Haken, um auch die Schuhe aus der obersten Reihe angeln zu können. Reither trat vor einen Ständer mit Sonnenbrillen und kleinem Spiegel; er sah gar nicht erschöpft darin aus, eher wie nach gutem Schlaf – warum also nicht auch gleich hier einkaufen, was er noch brauchen könnte, die leichteren Schuhe und frische Wäsche, oder etwas für den Kopf gegen die Sonne, aber das sollte nicht er aussuchen, das müsste sie schon tun, seine Hutmacherin, am besten in Taormina. Er ging zu den Schuhen für Männer, die gängigen Modelle standen auf dem Boden, und er fand bald ein Paar, das ihm passte und bequem war, hell und aus Segeltuch. Ich habe Schuhe für mich, rief er, ein Überschwang, wie er nun einmal vorkommt an ziellosen Tagen im Süden, man kann nichts dagegen tun, und mit dem gleichen Überschwang kam die Antwort: Wir haben weiße Sneakers für sie und eine Jeansjacke und auch einen Rucksack, das andere geht jetzt ganz schnell. Und du?

Und er, er ließ sich noch Zeit, streifte noch durch die Abteilung für Wäsche und den Gang mit der Oberbekleidung, ein Dickicht von Hemden und Jacken, aber fand nichts für sich, und als er zur Kasse kam, standen die beiden schon dort, vor sich auf der Theke die Einkäufe, ein kleiner Berg. Der Ladenbesitzer addierte die einzelnen Posten und zählte am Ende alle Teile noch einmal, ob er auch nichts vergessen hatte oder zu viel berechnet, ein Gemurmel in seiner Sprache, und das Mädchen bewegte die Lippen dazu, als würde es mitzählen. Sieh dir das an, sie versteht ihn, es ist ihre Sprache, sagte Reither, aber da war es schon vorbei mit den Lippenbewegungen, der Blick ging wieder zu Boden, wie sie es wohl gewohnt war aus ihrer Heimat, Marokko, Algerien, Tunesien, wo immer Frauen den Blick senkten vor einem Mann. Der Ladenbesitzer zeigte die Rechnung, er murmelte die Endsumme, keine achtzig Euro, für das Mädchen sicher ein Vermögen; sie versteifte förmlich, und Reither ging zu dem Sonnenbrillenständer, der auf Rädern war, und schob ihn heran. Such dir eine aus, was gefällt dir? Er zeigte auf die großen schwarzen Modelle, die jeden Blick versteckten, da müsste sie nicht mehr den Kopf senken, nicht einmal, wenn Polizei in der Nähe wäre, aber das Mädchen griff sich eine Brille mit feinem Gestell und runden bläulichen Gläsern, setzte sie auf und sah in den Spiegel am Ständer. Reither machte dem Ladenbesitzer ein Zeichen, dass die Brille noch mit auf die

Rechnung sollte. Schau dir das an, Leonie, sagte er, sieht sie mit der Brille nicht aus wie John Lennon?

Ein alberner kleiner Satz, nur war es der Satz, der ihn endgültig in einen Tag zu dritt fädelte, auch wenn er sich danach auf die Zunge biss. Er zahlte den ganzen Einkauf mit Karte, während das Mädchen die neuen Schuhe anzog und auch die Jeansjacke, eine Verwandlung mit so schnellen, hastigen Bewegungen, dass ihr die Brille ein Stück auf die Nase rutschte. Der Ladenbesitzer packte die übrigen Einkäufe in zwei Tüten, lief damit zur Tür und hielt sie auf, er übergab die Tüten an den, der bezahlt hatte, und Reither ließ Leonie und dem Mädchen den Vortritt. Ich übernehme noch die Wohnung, danach bist du an der Reihe, sagte er, ein Wort, um wenigstens das zu regeln, das Finanzielle, wenn alles andere schon zu entgleiten drohte oder einen mitnahm wie das Gewimmel auf der Straße. Sie gingen wieder zum Mazzini-Platz mit seiner Gestrüppinsel, das Mädchen jetzt in der Mitte, wie abgeführt von zwei Erwachsenen, jeder mit Einkaufstüte; Reither schwenkte seine im Gehen, damit es etwas Verspieltes hätte, und wäre die Kleine tatsächlich eine Kleine, hätte man auch sie schwenken können, Engelchen flieg, das hatte er bei seinen Bekannten mit Kind immer wieder bestaunt, dieses Spiel, von dem ein Kind nicht genug bekommen konnte. Er bog in die Straße, die zur Wohnung führte, am Anfang noch mit soliden Häusern, darin Elektronikläden, Wechselstuben, Lokale, und in einer Mauervertiefung gab es einen Bankautomaten, schäbig wie eine Attrappe, aber Reither blieb davor stehen. Er wählte die eigene Sprache und tat, was auf dem Schirm verlangt wurde, dicht vor dem Gehäuse, damit das Mädchen nicht sehen konnte, wie prompt und wie wundersam vierhundert Euro aus einem Schlitz kamen. Wir sind wieder flüssig, sagte er, ein Kinosatz, für den er sich beinahe entschuldigt hätte, aber da hob seine Begleiterin schon einen Daumen, als gäbe es kein Halten mehr an diesem Tag, nicht für die Sprache, nicht für die Gesten, für nichts.

Und mit dem Geld in der Tasche wurden die Schritte schneller – wer weiß, wer sie am Automaten beobachtet hat, ihnen am Ende noch folgte; schon wurde die Straße zur Gasse, halb in der Sonne, halb im Schatten, und auf der Sonnenseite kamen sie zu dem umrankten Haus. Vor der Tür wartete bereits der Vermieter mit Zopf, und Reither übergab das vereinbarte Geld, schon wurde die Lenkradkralle entfernt. Er ließ sich noch den Weg zur Autobahn erklären, dann legte er die Tüten in den Kofferraum, während Leonie Palm die Lehne vom Beifahrersitz vorklappte, wieder eins zum anderen kam. Sie trat etwas zur Seite, verbunden mit einer Handbewegung hin zu dem Mädchen, komm, steig ein, und das Mädchen mit der Sonnenbrille wie aus ferner Zeit kletterte nach hinten, an ihm, dem Fahrer, vorbei, da war der Motor schon an. Und kaum waren sie vollzählig im Wagen, setzte Reither zurück und bog in die angegebene Richtung. Ab jetzt, sagte er, machen wir uns strafbar.

Einmal wenigstens musste er das noch in den Raum stellen, den intimen Raum des Autos, auch wenn ihm die Rechtslage nicht im Einzelnen klar war. Er sah in den Innenspiegel, wann immer der Verkehr es erlaubte, sah zu der Person, die sie einfach mitnahmen, wie man eine zugelaufene Katze mitnimmt, und selbst die müsste man impfen lassen vor der Einreise ins eigene Land und einen Namen eintragen; sie kamen gut voran, bald war der Stadtrand erreicht, mit kleinen Werkstätten und Billigläden an der Ausfallstraße. Das Mädchen saß so auf dem Rücksitz, dass er ihren Kopf sehen konnte, das wehende Haar, weil sein Fenster heruntergelassen war – oder hatte sie sich so in die Mitte gesetzt, dass sie seinen Blick im Spiegel sah, wenn sie den Kopf hob, dabei über die bläulichen Gläser schaute, weil die Brille halb auf der Nase saß? Und bei einer Gabelung mit Stau vor der Autobahn, als er stoppen musste, meinte er sogar, dass sie ihn ansah. Mädchen, sag endlich, wie du heißt, Fatima, Djamila, Zuleika, oder wie heißt du? Reither drehte sich jetzt nach hinten, und Leonie Palm legte ihm eine Hand in den Nacken, wie sie es nachts getan hatte, als er ihre Schenkel hielt. Dass sie nicht redet, hat einen Grund. Es hat immer einen Grund, wenn jemand nichts sagt. Lass sie einfach und fahr.

Und er fuhr, der Stau vor der Gabelung hatte sich aufgelöst; die eine Richtung ging nach Syrakus, die andere führte auf den Ätna zu, und an einem der Vorberge, die steil ins Meer abfielen, lag Taormina. Reither bat um eine Zigarette, er ließ sie sich anstecken und rauchte auf den ersten Kilometern, die es zurückging, dorthin, wo sie hergekommen waren. Er fuhr auf der langsameren Spur, dazu mit viel Abstand, so konnte er fast nach Belieben in den Innenspiegel sehen. Das Mädchen atmete den Rauch ein, der nach hinten zog, und sie kämmte sich, immer wieder ging sie durch ihr verwehtes Haar, der schmale Kamm musste irgendwo in dem Kleidfetzen gesteckt haben, man staunt ja immer, wo Frauen unterwegs ihre kleinen Toilettendinge verwahren, den Lippenstift, das Taschentuch, ihren Notspiegel – Frauen, auf einmal lief sie unter diesem Wort, und als hätte sie es gemerkt, kam wieder ein Blitzen aus ihren Augen, ein Komplizenfunke, ich sehe, dass du mich siehst, ja weiß sogar, was du denkst. Aber dieses Kleid, mein Kind, der rote Fetzen, der muss noch weg vor Taormina, fast hätte er das laut gesagt, weg mit diesem Fetzen, und wir kaufen dir dort auch ein neues Kleid. Er warf die Zigarette aus dem Fenster, er suchte die Hand, die nicht mehr in seinem Nacken lag, sie war jetzt mit anderem beschäftigt – Leonie schälte eine der Apfelsinen oder hatte sie schon so gut wie geschält; sie zupfte nur noch blassgelbe Häutchen ab, und er sah wieder über den Spiegel nach hinten. Das Mädchen kaute an dem Anhänger herum wie an einem großen Fingernagel, kniff dabei die Augen zusammen und verzog das Gesicht. Dieser Kleidfetzen, sagte er, sie hängt daran, aber wir müssen ihr in Taormina etwas Schöneres kaufen. Und der Anhänger an ihrer Kette, der ist auch hässlich, nur scheint er ihr etwas zu bedeuten, ein Glücksbringer vielleicht oder Symbol, wie unser Kreuz, ich weiß ja nicht, woran sie glaubt, an Allah, oder an wen glaubt sie?

Leonie Palm zog die Apfelsine auseinander und reichte eine Hälfte nach hinten. Im Moment glaubt sie an uns, Reither.

13

Kein Erzähler hat gleich seinen Fuß in einer Geschichte, erst nach und nach; wenn aber alles erzählt ist und man noch einmal von vorn anfängt, kann man freilich so tun, als hätte man gleich den Fuß darin gehabt, schon beim ersten Satz, nur ist es ein Mogeln und verwischt das Werden, das sich aus Zufällen am Wegrand des Erzählens ergibt, ganz nach dem Vorbild des Lebens. Auch dort geht dem Werden kein kühner Plan voraus, und kein Tusch kündigt es an, stattdessen sind es oft Kleinigkeiten, die etwas anstoßen und einen voranbringen, das aufgeschnappte Wort, der hingesagte Satz oder ein Geruch wie aus Kindertagen – die geschälte und geteilte Apfelsine verströmte sich in dem Wagen und stieg zumindest dem, der den Wagen lenkte, zu Kopf. Reither fuhr auf einem Abschnitt entlang am Meer, schon den Bergrücken, auf dem Taormina lag, im Blick, und im Innenspiegel sah er, wie das Mädchen die Apfelsine aß, Stück für Stück bedächtig kauend, ein schönes Bild, und warum nicht auch künftig dieses Bild in der Nähe haben, das Mädchen besuchen und ihr etwas mitbringen, etwas geben, mehr als eine Apfelsine, Brot und Käse, eine Tüte Chips, einen Gutschein fürs Kino, ein Buch, das sich zum Vorlesen eignet, um die fremde Sprache zu lernen. Leonie, wir müssen uns Gedanken machen, was die Kleine will und wie das hier weitergeht, wo sind wir heute Abend, wo sind wir morgen?

Morgen sind wir auf dem Rückweg. Und wenn sie wieder hinten sitzt, dann will sie mit.

Wohin mit, in unser Eistal? Reither bremste den Wagen ab, neben der Straße war schon ein Schild mit Hinweis auf die Ausfahrt. Ihr ist doch gar nicht klar, wo wir herkommen, wo wir hinfahren, sagte er, und da kam endlich die Hand, die ihn nachts erst gehalten hatte und schließlich Halt in seinem Nacken gesucht; auch jetzt war es ein Tasten, ein Suchen, als ließen sich so die Momente wiederfinden, die all das Fahren und zwei Nächte im Auto gelohnt haben, tausendfünfhundert Kilometer für die Spanne einer Geburt; denn hatten sie nicht mit ihrer Umarmung auch etwas zur Welt gebracht, die Idee, zusammenzubleiben? Sie weiß genau, wo wir hinfahren – Leonie strich durch sein Haar, gegen den Wuchs –, wie ich genau weiß, dass sie nicht meine Tochter ist. Aber für den Anfang kann sie bei mir wohnen.

Was ist, wenn etwas passiert unterwegs, eine Panne, ein Unfall, wenn Polizei auftaucht, Fragen stellt, was dann? Reither nahm die Ausfahrt, er zahlte die Maut für das kurze Stück, und nach einer Unterführung ging es auf der anderen Seite der Autobahn gleich in spitzesten Kehren auf das Klippenmassiv, das schon die alten Griechen für ein Theater auf der prachtvollsten Stelle entdeckt hatten. Und was ist an der Grenze, sagte er. Die kontrollieren jetzt wieder, machen Stichproben. Das Mädchen hat keine Papiere, sie redet kein Wort, sitzt nur da und erinnert an John Lennon mit dieser Brille und den langen Haaren. Wir können das nicht so auf uns zukommen lassen.

Doch, Reither. Ich kann es. Und jetzt pass nur noch

auf die Straße auf. Daneben geht es dreihundert Meter senkrecht hinunter.

Dreihundert erschien ihm übertrieben, aber zweihundert Meter waren es wohl, und nach jeder Kehre und jedem Tunnelöhr wurden es mehr; nur einmal konnte er kurz über den Spiegel nach hinten sehen, das Mädchen starrte geradezu auf das Panorama, wie in die Enge getrieben von all der Natur, ihrer stummen Pracht. Er fuhr an der Spitze einer kleinen Kolonne, was es leichter machte, keiner konnte überholen, jeder hupte, und er versuchte, zügig zu fahren, erneut die Hand im Nacken: jetzt nichts als ein Widerhall aus der Nacht; er hätte ewig so fahren können, immer noch weiter aufwärts, festgehalten, wunschlos glücklich, wie man sagt – ja, den Ausdruck hätte er gelten lassen in dem Fall –, aber nach einem längeren Tunnel war der Ort am Berg fast erreicht. Zwischen der Straße und dem Abgrund zum Meer gab es schon verspielte Villen, von Palmen umgeben, und bald auch terrassenartig angelegte Hotels, und Leonie nahm die Hand zurück. Sie brachte ihre Kleidung in Ordnung, während er den Centro-Schildern folgte, noch einmal in engen Kurven bergan fuhr, bis es vor einem der alten Stadttore nicht weiterging und aus dem wunschlosen Glück das gewöhnliche einer Parklücke wurde, ideal gelegen, denn hinter dem Tor begann die Einkaufsstraße durch Taormina.

Sie stiegen aus dem Wagen, Leonie zuerst, dann das Mädchen und zuletzt er, Reither, ganz in dem Bewusstsein, dass sie zu dritt waren, sie drei, die sich da auf den Weg machten hinter Sonnenbrillen – Eltern mit Tochter, hätte man meinen können – und durch das große Tor gingen und nach dem Parklückenglück in das noch gewöhnlichere eines Schaufensterbummels eintraten. Sie beide jedenfalls, die Palm und er, sie bummelten, weil bummeln gelernt sein will, er mit Zigarette in der Hand, sie mit dem kleinen Gerät, mit dem sich so schnell nebenbei ein Foto machen ließ, während das Mädchen mit leeren Händen zwischen ihnen ging und nicht recht wusste, wo es hinschauen sollte, als sie an Läden vorbeikamen mit nichts als Juwelen im Fenster, so schien es, zur Schau gestellt auf Samt oder Marmor, auch wenn es nur Handtäschchen waren, für die man mehr hätte hinlegen müssen als er früher für ein ganzes Buch, vom Vorschuss bis zu den Druckkosten. Er ging etwas hinter Leonie und dem Mädchen, das hatte sich so ergeben im Gedränge, einem Hin und Her von Leuten aus aller Welt, als gäbe es in Paris oder Peking oder Tokyo nicht genug teure Läden; Ziel war das Amphitheater am anderen Ende der Fußgängerstraße, und vielleicht fände sich ja unterwegs ein bezahlbares Kleid, damit der rote Fetzen ausgedient hätte. Eine vage Vorstellung war das, keine Überlegung, ähnlich vage wie die Blicke des Mädchens zum einen und anderen Schaufenster, Seitenblicke nur, dabei den Kopf gesenkt, als wär es ein Spießrutenlaufen, sie duckte sich weg und wollte gleichzeitig sehen, was auf sie einstürzte oder die Welt für andere bereithielt. An allem, was fiebern ließ, ging es vorbei, die Dinge selbst wie befallen von einer Krankheit, der Krankheit Überfluss, an Schuhen, so teuer, als seien sie vergoldet, und Ührchen für ein Vermögen, an Pelzen, obwohl die Sonne brannte, und Kleidern wie Artefakte, ja zwischendurch sogar an einer Buchhandlung, im Fenster nur das Allertrostloseste, Taormina-

Führer, Liebesunsinn, Ernährungstipps und in einer Schmuckausgabe Der Pate vor einem Bild von Marlon Brando als Vito Corleone, aber den sah man auch in anderen Läden, den Ständern davor, auf T-Shirts, auf Tassen, auf Tüchern, fast ein Mafia-Kult. Schau mal, rief Leonie über die Schulter, es gibt auch einen Hutladen!

Ein kleiner Laden war das neben einem Pizzastand, an der Grenze zum bunteren Abschnitt der Straße, der letzte feine Laden vor dem Ramsch, und den betraten sie zu dritt, damit er, Reither, etwas bekäme gegen die Sonne, warum nicht. Und du, sagte er, du? Die Hutmacherin soll sich auch etwas aussuchen, komm, Leonie! Wieder ein Überschwang, gegen den er nicht ankam – all diese Hüte und ein Gesicht, das nur noch schöner werden konnte mit Hut. Er machte Vorschläge, zeigte auf dieses und jenes Modell, während das Mädchen zu Boden sah, als säßen die Hüte nicht auf edlen Gipsköpfen, römischen Büsten nachempfunden, sondern lägen auf dem lackierten Parkett. Also zeigte er auch ihr einen Hut, passend in Rot mit schwarzem Bändchen, aber sie spreizte nur eine Hand ab, ohne sie zu heben, ihre Nein-Geste, ein Fassmichnichtan, und die Palm verdrehte die Augen. Doch keinen Oscar Bowler, nicht diesen Kochtopf, ich suche ihr etwas aus, und du verschwindest besser, besorg uns allen Pizza nebenan, dir suche ich auch etwas aus – Kopfumfang achtundfünfzig, würde ich sagen.

Uns allen, das klang noch nach, als er ans Ende einer Schlange vor dem Stand trat, auch sein Kopfumfang, achtundfünfzig, sie musste es wissen; Japaner oder Chinesen waren das vor ihm, wer kann das schon unterscheiden, auch wenn es Unterschiede gibt, nur sind sie nicht deutlich, so unübersehbar wie die zwischen dem Mädchen und Mädchen, die im Weissachtal zur Schule gehen, das würde schwierig für die Neue, keine Frage, fremd ist fremd, man darf sich nichts vormachen, und fremdartig ist doppelt fremd, da helfen auch gute Worte nichts: Das Auge entscheidet. Die Chinesen oder Japaner hatten eine Sammelbestellung gemacht, ihr Führer bekam drei Kartons, und alle zogen als Schlange davon, schon kam er an die Reihe. Er nahm Pizza mit Thunfisch, fertig auf einem Blech, nicht ganz sein Geschmack, aber Salami war dem Mädchen womöglich verboten. Er ließ sich sechs Stücke einpacken, für jeden zwei, kaufte noch eine Cola und eine Dose Eistee und wollte zurück in den Laden, als die beiden gerade heraustraten, das Mädchen mit einer Art Cowboyhut, locker geflochten, auch locker getragen, und die Frau, mit der er geschlafen hatte – so sah er es in dem Augenblick –, mit etwas frech Glockenhaftem auf dem Kopf und einem Hut in der Hand.

Für dich ein Jenkins Panama, Reither, den gibt es nicht alle Tage. Und was unsere Kleine da trägt, ist ein Maize Western. Und für mich eine Mailand Strohmelone.

Und ich habe Pizza für uns alle, mit Thunfisch, oder isst hier jemand keinen Thunfisch? Eine Frage wie am Familientisch, isst hier jemand keine Zwiebeln, will jemand noch Salat, so war das bei seinen Bekannten, wenn er mit am Tisch saß, und die Kleine, das Mädchen, sie griff sich sofort ein Stück und aß es mit Heißhunger, nahm auch die Cola, während sich Leonie und er auf dem letzten Abschnitt der Fußgängerstraße den Eistee teilten und die Pizza aßen. Heute Abend gibt es wieder frischen Fisch, sagte er, als hätte man einen Plan, wo man abends wäre; noch endete der besprochene Plan an dem Amphitheater. Leonie kaufte die Tickets für das Areal, zwei Erwachsene, ein Kind, das ging so durch, die erste kleine genommene Hürde. Und zu dritt, das Kind mit Westernhut, der Mann mit Panama, die Frau mit warmgelber Haube, gingen sie über steile Pfade zu dem Theater hinauf, ohne es schon zu sehen, weil sie von hinten kamen, dafür aber jäh auf dem obersten Rang standen, mit Blick über alle Steinstufen auf die Bühne und die uralten Säulen hinter der Bühne und weiter bis zur Ätnakuppe mit Rauchfahne und linker Hand die Klippen hinunter auf das Ionische Meer in dunstigem Blau – atemberaubend, wie es bei solchen Blicken oft übertrieben heißt, zumal das Mädchen ruhig weiteratmete, dafür den Hut jetzt so in der Stirn trug, als wollte es gar nichts sehen, wie manche sich ja auch abwenden, wenn etwas ihr Auge beleidigt. Reither ließ sich das Smartphone geben und behielt die Hand gleich in seiner, er ging ein Stück weg von dem Mädchen, ein paar Schritte nur, aber die reichten schon, sich wieder zu zweit zu fühlen, er sah über die Gläser der Polizeisonnenbrille. Leonie Palm, ich liebe dich mit dieser Mailand Strohmelone.

Und ohne sie?

Er hob das kleine begehrte Gerät und sah auf den Schirm, er machte ein Foto – über dem Hutbogen wie eine Feder die Ätnafahne. Auch, sagte er, und schon war es heraus, mit nur einem Wort, letztlich ganz einfach, und er trat etwas zurück und machte noch ein Foto, Leonie im Ganzen, wie sie auf einer der Stufen stand, ihr Gesicht in den Händen hielt, erschrocken und nicht erschrocken, auch wenn das nicht sein konnte, nur in der Sprache, da schloss das eine das andere nicht aus, ein kleines Und dazwischen, das genügte. Ob sie etwa erschrocken sei, fragte er, und sie schüttelte sachte den Kopf unter der Strohmelone, aber nickte auch schwach, wenn das nicht Bewegungen waren, die er selbst machte, um ein passendes Bild auf den Schirm zu bekommen. Er trat zur Seite und suchte das Mädchen, bis es den Schirm füllte, halb von hinten, und in dem Moment, als er das Foto machte, oder einen Herzschlag davor, spreizte sie die Hände ab, ohne sie anzuheben. Gehen wir mal besser, sagte Leonie, keine Fotos mehr. Gehen wir zurück zum Auto, fahren wir alle noch etwas durch die Gegend, dann sind wir abends bei der Fähre und essen drüben. Wir müssen herunter von dieser Insel, Reither, woanders sucht niemand nach ihr.

Alle noch etwas durch die Gegend fahren, das hörte sich gut an, auch familiär, und er winkte dem Mädchen, komm, es geht weiter, wir haben hier alles gesehen, jetzt fahren wir noch etwas herum, und sie schloss sich ihm und der Palm, ihnen beiden, Mann und Frau, wieder an. Sie ging einfach mit, den ganzen Weg zurück, wieder vorbei an Gucci und Co, all dem Glitzer und Schimmer, und strebte nach dem Tor auf das richtige Auto zu, das Ganze wortlos, still sich fügend, und doch auf einer Spur, die man nicht sah, bei sich und ergeben, schwer zu sagen, warum – weil sie ein Quartier bekommen hatte und etwas zu essen, weiße Schuhe und die Jeansjacke und sich eine Sonnenbrille aussuchen konnte und auch noch diesen Westernhut. Nein, er hätte nicht sagen können, warum, allenfalls sagen können, dass sie ihnen wie ein Hündchen gefolgt sei, obwohl er nie einen Hund hatte;

nur wusste sie am Auto bereits, wie der Fahrersitz vorgeklappt wurde, damit man bequem hinten einsteigen konnte, und sie spielte mit ihrem Anhänger, ließ das Metall in der Sonne funkeln, als er ihr beim Griff nach seiner Jacke auf dem Rücksitz etwas nahe kam. Er steckte drei große Scheine von dem gezogenen Geld in die Innentasche, mit dem Rücken zum Auto, allein mit dem Mädchen – Leonie war noch in einer Café-Bar neben dem Parkplatz verschwunden –, und die Jacke legte er auf die Ablage zwischen den Sitzen, so war das Geld doppelt sicher. Ein kleinlicher Akt, zweifellos, und als hätte das Mädchen etwas bemerkt, zeigte es eine Spur von Lächeln, ohne aufzuschauen; er glaubte es zu sehen, dieses Lächeln über seine Vorkehrungen, die Angst vor einer Diebin mit Hut in der Stirn, und er ließ den Motor an, noch ein kleinlicher Akt, er, der Fahrer, mit Fuß auf dem Gas, nur kam dann zum Glück die Beifahrerin schon aus der Bar, mit einer Schachtel Kekse winkend, und stieg in den Wagen und drückte ihm eine Faust an die Schulter. Ich weiß, wo wir hinfahren.

Leonie hatte sich in der Bar informiert, wie sie am besten aus dem Ort kämen und wo sie fahren könnten, um noch etwas von der Landschaft zu sehen. Wenden und nach links, sagte sie, eine Anweisung, der er gleich folgte, wie auch allen weiteren, bis sie auf einer Straße ins Inselinnere waren, zu beiden Seiten kahle Bergkegel, Fels und dürres Gestrüpp, eine Straße wie ins Nirgendwo, schottrig zum Teil, aber den Schildern zufolge ging es auch dort nach Messina und damit zu den Fähren, nur auf Umwegen. Reither fuhr bei offenem Fenster, wieder eine Hand auf dem Verdeck, er konnte nur langsam fahren, so schlecht war die Straße, schließlich hielt er und schlug vor, das Verdeck zu öffnen, auch wenn die Luft nicht mehr so mild war wie in Meereshöhe. Leonie zog seine Jacke an, sie drehte sich zu dem Mädchen. Wir öffnen jetzt das Verdeck, erklärte sie und machte entsprechende Zeichen, auch das Zeichen, den Hut festzuhalten, und Reither sah im Innenspiegel große Augen, als das Verdeck zurückklappte, und den offenen Mund, den er nie erlebt hatte, wenn ein Kind etwa sein erstes Fahrrad bekommt. Er bog wieder auf die Straße und hielt eine Hand in den Wind, wie man es eben tat bei offenem Fahren; nach einem Hochtal mit nur ein, zwei Orten, die fernen Häuser wie Schorf an den Bergflanken, ging es allmählich abwärts, auf eine Ebene zu, immer wieder in Duftwellen von Rosmarin. Auf rötlich braunen Feldern gab es mal einen einzelnen Baum, mal den Rest einer Mauer aus geschichteten Steinen, man sah auch einen Esel, der einfach dastand, und einen Mann, der sein Rad übers Feld schob, oder Frauen ganz in Schwarz, die am Straßenrand gingen. Und auf einer Anhöhe gab es vier, fünf Bäume auf einmal, alte Mastixbäume, wenn er das richtig sah, und man konnte sich vorstellen, in ihrer Mitte auf dem Rücken zu liegen, auf bloßer Erde, und den Abend abzuwarten, die Nacht, über sich einen Himmel, der alles Irdische, auch das, was man sich aufgehalst hat, ein fremdes stummes Wesen, so gering erscheinen lässt, dass man einschlafen kann. Deine Ehe, sagte er zu Leonie mit der Strohmelone, warum ging die nicht gut? Er nahm sich eine Zigarette und steckte sie mit dem Anzünder an, das hatte noch gefehlt, offen fahren durch Sizilien mit Frau und Kind und dabei rauchen. Warum sie nicht gut ging – mein Mann hatte eine Geliebte, am Ende waren ihre und meine Tage aufeinander abgestimmt, er hat diesen doppelten Druck nicht ausgehalten, zwei gereizte Frauen, und ist verschwunden. Bist du müde, soll ich dich ablösen, willst du einen Keks? Ruhige, entwaffnende Fragen, und dann kam auch noch eine Hand, sie massierte ihm den Nacken; ja, er war müde, glücklich müde, rauchend im offenen Wagen, aus dem Zustand heraus hatte er nach ihrer Ehe gefragt, vielleicht um ihn aufs Spiel zu setzen, den Zustand, wer weiß, um zu sehen, ob nicht alles zu schön wäre, um wahr zu sein, auch diese Fahrt auf einer Straße, die jetzt wieder steil abwärts führte, und als in einer Kurve plötzlich weit unterhalb die Meerenge dalag, als blauer Strom, auf der anderen Seite die Festlandmasse, stoppte er für ein Foto, einen Beweis, auch wenn nicht noch so viele Pixel festhalten konnten, dass man glücklich müde war und liebte; nur die Müdigkeit könnte das Bild später zeigen, erschöpfte Augen, aber in dem Fall nicht einmal das mit seiner Polizeisonnenbrille.

Reither stieg aus, er klappte den Sitz nach vorn und ließ das Mädchen aus dem Wagen, er deutete auf das Stück Welt, das man sah, den Streifen Meer, der Sizilien vom Festland trennt, ewiger Reiz für Brückenbauer, nur blieb es bisher bei den Plänen und dem Triumph der Geographie. Das wollte er ihr zeigen, dieses große, stille Triumphieren, aber sie sah nur auf weggeworfene Bierdosen zwischen staubigen Kakteen am Straßenrand, und er verlor die Lust an einem Foto, den irrigen Glauben daran. Fahren wir weiter, sagte er, als Leonie mit den Keksen kam; sie nahm die Pause ernst, sie bot dem Mädchen einen Keks an, sogar mit Erfolg. Und eine Zeitlang standen sie zu dritt vor den Bierbüchsen und anderem Müll, verfangen in den Agaven am Abhang neben der Straße, Plastiktüten, Zeitungsfetzen, Pampers, jeder mit sich und einem Keks beschäftigt, so weit das möglich war. Reither wollte etwas sagen, dass man noch einmal gründlich nachdenken müsse, nur wusste er gar nicht genau, worüber, etwa darüber, das Mädchen in Messina noch irgendwem zu übergeben, dem Roten Kreuz, der Kirche, den Behörden – tatsächlich ging ihm dieses Wort durch den Kopf, Behörden, wie ein Sprachspuk –, oder darüber, dass es nach der Überfahrt endgültig zu spät wäre für eine Lösung ohne Polizei. Aber er sagte das alles nicht, er aß den Keks und tippte mit dem Finger an die Mailand Strohmelone, damit sie noch etwas schräger auf Leonies Kopf saß, er spürte sein Herz, das nicht mehr so schlug, wie es in den letzten zwanzig Jahren geschlagen hatte, als wäre da gar nichts in seiner Brust, nichts, das einen beunruhigen könnte, während es jetzt der Muskel war, der ihn am Leben hielt. Und er sah zu dem Mädchen, das seinen Keks längst gegessen hatte und über die runden blauen Gläser den Blick kurz erwiderte, ja die Brille dann sogar abnahm, wie als Hinweis, dass die Sonne schon am Untergehen war, man langsam den Abend angehen sollte, und er nahm sich die Freiheit, ihr für Sekunden ins Gesicht zu schauen, teils bedeckt von Haaren, weil plötzlich Wind aufgekommen war. Die Arme steif am Körper, den Kopf leicht gesenkt, so stand sie vor ihm, in den Augen einen Glanz wie von Fieber, zwischen den Augen ihr Widerspenstiges, und endlich gelang es ihm, etwas zu sagen, Weiter geht's, nur diese Worte, aber sie reichten, um eine Art Schlaf im Stehen zu beenden. Leonie stieg wieder ins

Auto, sie schloss das Verdeck gegen den Wind, und das Mädchen klappte die Lehne vom Fahrersitz vor und stieg nach hinten, jetzt ganz nah ans Fenster, das sich mit dem Verdeck geschlossen hatte; Reither rieb sich Staub aus den Augen, aufgewirbelt vom Wind, er stieg als Letzter ein und spürte einen Druck im Rücken, von zwei Füßen oder Knien, wie ein Drängen, dass er fahren sollte, keine Zeit mehr verlieren dürfe. Also konzentrierte er sich noch einmal aufs Fahren, über Serpentinen hinunter zum Meer, einer tristen Küste, und dort bald auf einer Schnellstraße das letzte Stück bis Messina, alles in allem eine Stunde, in der nur zwei Sätze fielen – zwei, die sich ihm eingeprägt hatten, möglich auch, dass es mehr waren, über die triste Küste etwa –, er sagte, Gut, dann nimmt es jetzt seinen Lauf, und Leonie Palm sagte, Ja, wir nehmen sie mit. Und an Messina führte die Straße vorbei, oberhalb der Stadt mit Rotem Kreuz und anderen Anlaufstellen, den Behörden; Reither fuhr gleich zum Sammelplatz vor den Fähren, schon beleuchtet von Flutlicht, heller als die Abenddämmerung.

14

Überall standen Autos, am Rande des Platzes noch ohne
Ordnung, ab der Mitte aber in Zweierreihen und getrennt
von den Lastwagen, ganzen Kolonnen, durch ein Absperrband auch getrennt von Menschengruppen mit Sack
und Pack, Leuten, die auf die Festlandseite wollten, das
Gebirge dort wie zum Greifen, dazwischen nur die Meerenge, dunkel mit hellen Schaumkronen. Und wo man
hinsah, sah man Polizei, jeweils drei, vier mit Helmen;
die einen warfen Blicke in die Autos, andere lenkten die
Menschenmenge oder sonderten Einzelne aus, führten sie
im Flutlicht zu weißen, angestrahlten Containern. Leonie
hatte noch eine Apfelsine geschält, wieder mit allen Fasern,
sie reichte eine Hälfte nach hinten. Die sehen nicht in jedes Auto, aber sie haben auch kein Recht dazu, hier ist
keine Grenze. Außerdem haben wir keine Drogen dabei,
keine Waffen, gar nichts.

Nur ein Mädchen, das nicht zu uns gehört. Sie sollte
nicht diesen Cowboyhut tragen. Und auch die Kette mit
dem hässlichen Anhänger abnehmen – hörst du? Reither
drehte sich um, er machte Gesten zu dem Hut, weg damit, und Gesten zu der Kette, weg damit, aber sie rückte
nur etwas an dem Hut herum, und er machte noch Gesten, dass sie sich wenigstens ducken sollte – Oder soll
man dich festnehmen und uns gleich mit? Er sah wieder
nach vorn, es ging jetzt voran, man winkte ihn in eine der

Reihen vor der nächsten abfahrbereiten Fähre, nur Autos mit unverdächtigen Kennzeichen, soweit er das sehen konnte; sie fuhren im Schritttempo auf eine Rampe zu, vorbei am Ticketschalter bis ins Innere der Fähre, und er bekam Geld gereicht. Bitte, das übernehme ich, sagte Leonie, als würde sie damit auch die Verantwortung für drei Personen übernehmen, und er bezahlte für Auto und Insassen und hielt gleich über seinem Kopf ein Ticket nach hinten, Für dich, nimm das. Ein paar Momente musste er warten, Geduld aufbringen, dann zog sie ihm das Ticket zwischen Daumen und Zeigefinger hervor, ein sachtes Rucken an der Hand, fast der erste Kontakt, und Reither zwang sich, nicht in den Innenspiegel zu schauen. Fünf, sechs Autos waren noch vor ihm, bis es auf die Rampe ging, vorbei an den Behelmten. Sie warfen Blicke in die Autos, oft nur auf den Fahrer, und hatten dazu noch die schmalere Fußgängerrampe im Auge, die Leute mit ihrer Habe in Bündeln und Tüten; es schien, als würden alle eher durchgewinkt als kontrolliert, als wollte man sie loswerden und nicht noch festhalten. Einer der Uniformierten gab ihm zu verstehen, dass er nicht zur Seite schauen sollte, sondern nach vorn, ja kam sogar an den Wagen und deutete an, dass alles zügig gehen müsse, er warf einen Blick auf die Beifahrerin, und die fasste grüßend an die Strohmelone, etwas Besseres hätte sie gar nicht tun können; der Beamte fasste sich an den Helm, er machte aus der Bewegung ein Zeichen für freie Fahrt, und Reither fuhr über die Rampe auf das Parkdeck, wieder in den Lärm quietschender Reifen auf dem Belag, dazwischen die Kommandos der Einweiser.

Alles gut, rief Leonie Palm, ein Wort der Beruhigung

mit Blick über die Schulter, gleichzeitig hielt sie einen der Kekse nach hinten, mit einer lockenden Bewegung, das konnte er sehen, auch, dass der Keks nicht abgenommen wurde wie ihm das Ticket. Reither folgte den Winken von einem der Afrikaner, es ging in die Mitte des Parkdecks, neben eine Lastwagenreihe, aber dann wurde er weitergewinkt, jetzt von Behelmten, die auch hier herumstanden, etwa einen Kühlwagen kontrollierten, mit ihren Stablampen in das Eisgedampfe strahlten. Bis ans Ende der Reihe wurde er gewinkt, und kam dort so zum Stehen, dass man auf beiden Seiten gut aussteigen konnte, auf seiner auch schnell bei einer der Treppen wäre. Er verstellte den Innenspiegel, bis er das Mädchen sah. Sie hatte ihr Seitenfenster geöffnet und schien nach etwas Ausschau zu halten, die Unterlippe zwischen den Zähnen; Geruch nach Dieselöl und Salzwasser zog herein, und der Wagen zitterte, weil der Stahlboden zitterte, irgendwo darunter die Maschinen sein mussten, schon angeworfen mit dem Auf und Ab ihrer Kolben.

Besser, wir bleiben im Auto, sagte Reither. Und besser, sie zeigt sich nicht. Hast du gehört? Er drehte sich wieder um, er machte vor dem Mädchen Gebärden: das Fenster zu schließen, sofort und ganz, und sich flach auf die Sitze zu legen. Bitte, sagte er, du bringst dich und uns sonst in Schwierigkeiten, die Polizei ist auch auf der Fähre, also Fenster zu, verstanden? Er zeigte auf den Knopf zum Öffnen und Schließen des Fensters, er stocherte mit dem Finger in der Luft, damit das Mädchen den Knopf drückte, aber sie rührte sich nicht; die Hände abgespreizt vor den Knien, saß sie da mit dem Westernhut wie eine vergessene Komparsin, schien ihn weder zu sehen noch zu hören.

Das Fenster, sie soll es zumachen, rief er, erneut in der Luft stochernd, fast ein Hilferuf an die, die immerhin Mutter gewesen war, sich mit Verstocktheit wohl auskannte, und auf einmal glitt die Scheibe nach oben, weil es auch vorn den Knopf dafür gab, daran hatte er nicht gedacht; Leonie schloss das hintere Fenster. Mit Kindersicherung, sagte sie, und als hätte sie's in der Sprache des Mädchens gesagt, was immer das für eine war, gesprochen vielleicht nur in einem entlegenen Tal, kam in die Stumme mit Hut plötzlich Bewegung. Sie drückte den Knopf unter dem Fenster, presste den Finger darauf, ja schlug dann sogar an die Scheibe, die sich kein Stück mehr bewegte, und Reither drehte sich im Sitz, bis er die kleine dunkle Faust sah, wie sie jetzt gegen die Scheibe trommelte. Was soll das, was willst du? Soll die Polizei dich sehen und mitnehmen, willst du das, in irgendeine Zelle kommen, bis die Polizei dich sonst wem übergibt? Gleich zweimal fiel das Wort, das älter ist als alle Grenzen und durch jede Sprache geistert, das jedes Kind auf der Welt versteht und wegrennen lässt, wenn es nur Bonbons gestohlen hat, und das Mädchen versuchte nun, das andere hintere Fenster zu öffnen, drückte den Knopf und schlug wieder gegen die Scheibe, Reither beugte sich über den Sitz. Es geht nicht auf, erklärte er mit falscher Ruhe, beide Fenster gehen hinten nicht auf, das ist die Kindersicherung, hörst du? Er betonte noch einmal jede Silbe, wie von der Sprache für Momente verblödet, sagte Kin-der-si-che-rung, und Leonie Palm fiel ihm in das absurde Wort: Als ob sie das begreifen würde! Warum machen wir nicht das Radio an, suchen ihr etwas, das sie versteht – willst du Musik? Eine Frage über die Schulter, und Reither sagte, Mach es einfach, Musik kennt jedes Kind, in jedem Tal, jedem Land, überall, also such ihr Musik! Er nahm die Hände vors Gesicht, für ein paar Atemzüge in der Dunkelheit seiner Handschalen, als gäbe es nichts mehr um ihn herum, nur ihn allein wie eh und je, dann suchte Leonie schon nach etwas Passendem, vorgebeugt zum Radio, das sah er zwischen den Fingern hindurch, und obwohl der Empfang in dem Parkdeck schlecht war, reichten wenige Fetzen, damit das Mädchen aufhörte, an die Scheibe zu schlagen. Es rutschte jetzt in die Mitte, die abgespreizten Hände vor sich haltend – gegen ihn, Reither, den Fahrer und vermeintlichen Herrn des Geschehens. Und wenn es schon so war, könnte er es auch umkehren, die gegen ihn erhobenen Hände nehmen und streicheln, etwas Beruhigendes tun, jeder Mensch beruhigt sich, wenn man seine Hand nimmt, eine weltweite Geste, so verbreitet wie das Wort Polizei. Komm, gib deine Hand, sagte er, hab keine Angst, du kannst mit uns fahren, das willst du doch, oder warum hast du dich an uns gehängt, gestern Abend vor dem Haus auf uns gewartet, warum nur bitte? Fast ein lautes, schroffes Warumnurbitte, als sei sie ihm eine Erklärung schuldig – ihr habt mich essen und trinken lassen, ihr habt mich verteidigt in dem Lokal, darum habe ich auf euch gewartet –, gleichzeitig griff er nach einer der Hände wie nach etwas Entferntem auf einem Tisch, und schon machte das Mädchen eine Faust und presste sie vor die Brust, als wollte er etwas von ihr, sie vielleicht tätscheln zu den Klängen aus dem Radio – Reither sah auf die Faust mit den hellen Knöcheln, er sah auf die Stirn mit den verfrühten Falten, irgendwie musste er das hinter diese Stirn in ihren Kopf bekommen, sich nicht am Fenster zu zeigen, am besten flach zu legen, gar nicht da zu sein. Also machte er seinen Arm länger, während die Musiksuche weiterging, ja tippte mit den Fingern an die schützende Faust, Komm, leg dich hin, und da schlug sie die Finger weg, eine Bewegung schneller als jeder Gedanke, Du, was soll das? Er langte nach der Hand, die ihr ausgerutscht war, jetzt das Gesicht schützte, die schmalen Augen, die steilen Fältchen dazwischen, und sie stieß einen Laut aus, wie Kinder, wenn sie sich einem Essen verweigern mit verschlossenem Mund. Was ist da hinten, Reither? Keine wirklich dringende Frage, nur eine, wenn man mit anderem beschäftigt ist, eben gute Musik sucht in einem Autoradio bei schlechtem Empfang, und er packte die Hand mit den besten Absichten, das Mädchen einfach nur zu halten und vor Schaden zu bewahren, wer weiß, was sie sonst machen würde, das Fenster eintreten, der Polizei in die Arme laufen oder noch übleren Leuten, und schon wäre sie erledigt, Freiwild – Begreif doch, du musst unsichtbar sein, sagte er, und wie auf das Wort Unsichtbar hin, riss sich das Mädchen los, mit einer Kraft, einer Wucht, die beschämend war, als hätte er keine Sehnen, keine Muskeln in der Hand, keinen Willen, sie festzuhalten, und er nahm noch die andere Hand zu Hilfe, um den Tumult zu beenden, Herrgott, leg dich hin! Er fuhr sie jetzt an, kein zu scharfer Ton, nur ein deutlicher, wie unterstrichen von Musik, auf einmal auch klar und deutlich, Leonie hatte den Rekorder angemacht, darin noch die alte geflickte Kassette. Hör hier lieber mal zu, rief er, und in dem Moment warf sich das Mädchen so zwischen die Vordersitze, dass sie den Hut verlor, sie warf sich der

Fahrertür entgegen, der Lastwagenreihe neben dem Auto, dahinter gleich die Treppen, um im Labyrinth der Fähre verschwinden zu können – Reither sah noch die Logik darin, was der Verstand oder ein Instinkt dem Mädchen sagte, wie sie aus dem Wagen käme und auf welcher Seite die Chancen für eine Flucht besser wären, dann taten seine Arme das Ihre, bevor die Beifahrerin eingreifen konnte; sie schlangen sich um die Rippen unter dem Fetzenkleid, ja bohrten sich zwischen zwei Rippen, damit das Mädchen nicht den Türgriff erreichte, sie drehten den Körper, bis das Gesicht oben lag. Beruhige dich, rief er, einmal, zweimal, Beruhige dich! Und vor dem dritten Mal spuckte sie ihm auf den Mund, wie eine Antwort, eine, die genügte, damit er sie losließ, sich den Mund abwischte, da hatte sie die Tür auch schon aufgedrückt, noch auf seinen Schenkeln liegend, und Reither, wie von sich selbst geschüttelt – außer sich, sagt man gern, aber solchen Trostworten hatte er nie getraut –, hielt sie an den Haaren, bis er mit der rechten Hand ihre Halskette zu fassen bekam. Willst du sie umbringen? Die Palm schlug mit ihrer Tasche nach ihm, auch sie verlor den Hut, und er sah für einen Moment zur Seite, das Kettchen in der Hand, den Moment, um alles noch irgendwie zu retten, auch seine Mitreisende vom Aussteigen abzuhalten, ihre Tür war schon auf. Bitte, rief er, als sich das Mädchen samt der Kette drehte und er nachgriff, fest um das Metallstück, ehe sie sich mit den Füßen in ihren neuen Schuhen von der Mittelkonsole abstieß und den Anhänger wie eine Klinge durch seine Hand zog.

15

Drei Hüte lagen vorn im Auto, ein kurzer Halt für die Augen, und die alte Kassette lief noch, auch ein Sekundentrost für das Gemüt, während ein Zittern durch die Fähre ging, als sie ablegte, und sich übertrug auf den Wagen, ja sogar auf die Hüte, ihr Geflecht, und Momente lang glaubte Reither, es würde sich auch auf ihn übertragen. Aber es war das eigene Zittern, als er seine Hand sah, ein Klaffen darin entlang der Lebenslinie, als hätte sie jemand zur Gänze aufgeschnitten, um so das Geheimnis des Lebens freizulegen. Noch gab es kaum Blut, nur das Klaffen, das auch etwas Erstaunliches hatte, bis sich der Schnitt dunkel füllte, dann kam schon jäh ein Schmerz, als stochere wer in der Wunde, und mit dem Schmerz kam der Schrecken.

Er, Reither, saß ganz allein im Wagen, ohne das Mädchen, das nach dem Sturz aus der Tür sofort auf die Beine gekommen war und irgendwo unter den Lastwagen verschwunden sein musste, und ohne Leonie Palm, die wohl das Mädchen zurückholen wollte, nur in die falsche Richtung gelaufen war, zu den Treppen, das hatte er noch gesehen, vor den Hüten vorn im Auto und dem Klaffen in seiner Hand. Er zog sich das Hemd aus, ein dünner Baumwollstoff, hellgrau, und wickelte es um die Hand und hielt die Hand weg von dem T-Shirt, das er noch trug, und in Sekunden färbte sich der Stoff, wie in eine rote Pfütze getaucht; er machte die Musik aus und suchte seine Zigaretten und das Feuerzeug, beides lag zwischen den Hüten, er steckte sich eine Zigarette an und rauchte – bestimmt war rauchen in dem Parkdeck verboten, aber es war die Zigarette, die man aus unzähligen Filmen kennt, der Angeschossene raucht sie, das Unfallopfer, der Delinquent und alle Verlassenen, jeder, der begreifen muss, dass etwas zu Ende ist, die eigene Unversehrtheit, das Leben, die Liebe, wie eben auch die Zigarette schon mit dem Anzünden ihrem Ende entgegenglimmt, mit jedem Zug etwas mehr. Damals, als Christine einfach davongegangen war, das Kind in ihr schon so gut wie tot, hatte er auch diese Zigarette gegen das Verlieren des Verstandes geraucht, nach einem Gluttag im Auto durch Kalabrien, als die steinigen Felder in der Mittagsstunde wie schwarz waren vor Sonne und sie sich hinten im Auto geliebt hatten, das letzte Mal, an mehr konnte er sich nicht erinnern, ein hastiges Tun etwas abseits der Straße in dem maßlosen Licht – man merkt sich nur alles vom ersten Mal, weil man ja darum weiß, während man von der letzten Umarmung erst weiß, wenn sie vorbei ist, außer die erste und letzte Umarmung fallen zusammen, nur dann weiß man alles lückenlos. Die, mit der er geschlafen hatte, einmalig oder ein für alle Mal, war weg, verschwunden in den Tiefen der Fähre, als könnte sie das Mädchen dort finden, damit die Rückfahrt einen Sinn machte, wenn sie zu dritt wären.

Pfiffe hallten durch das Parkdeck, und man sah wieder die Behelmten, in ihrer Mitte ein Mann, mit Papieren fuchtelnd; Reither machte die Zigarette auf dem Trittbrett aus und schloss die immer noch offene Wagentür.

In der Wunde pochte es, und der ganze Hemdverband war jetzt dunkel. Sicher gab es Verbandskästen auf der Fähre und auch einen, der damit umgehen konnte, einen von der Polizei, dort lernte man, Blutungen zu stoppen, bis der Arzt kam, aber was sollte er als Erklärung sagen, wie kommt man zu einem Schnitt durch die Hand – nein, man dürfte ihn gar nicht so sehen, mit all dem Blut, man würde ihn sofort aus dem Wagen holen, kein Stück mehr fahren lassen. Aber er musste fahren, wieder herunter von der Fähre, um Leonie und das Mädchen einzusammeln, als sei das alles nicht passiert oder höchstens ein Missverständnis mit dummer Folge, einem Schnitt, den man nur ordentlich verbinden müsste, für eine mit geschickten Händen, eine Hutmacherin, kein Problem, und vielleicht lag auch ein Verbandskasten im Kofferraum, eigentlich Vorschrift, nur war die Hutmacherin nicht mehr da, sie war weg. In seiner Jacke war Leonie um das Auto gelaufen, die Tasche, mit der sie nach ihm geschlagen hatte, noch in der Hand, ohne auch nur zu ahnen, was ihm passiert war.

Reither griff mit der umwickelten Hand an den Schalthebel, um zu prüfen, ob er noch Gänge einlegen könnte, und irgendwie würde es gehen, und die andere Hand könnte lenken, also käme er von der Fähre, die inzwischen längst fuhr, auch wenn er kein Gefühl von Vorwärtsbewegung hatte. Zwanzig Minuten dauerte die Überfahrt, noch könnte er wohl aussteigen, die beiden suchen, nach ihnen rufen, nur was: Was ruft man, wenn jemand schon seinem eigenen Ruf folgt, was hat er gerufen, als Christine in dem Straßenlokal aufstand, um zum Bahnhof zu gehen, allein nach Hause zu fahren, oder nicht ganz allein, mit dem Leben im Bauch, und ihm nur ein Loch geblieben war, das Loch des Versäumten; nichts hatte er gerufen, bloß etwas vor sich hin gesagt, etwas wie Bitte, dann geh doch. Nein, es würde nichts besser werden mit dem Aussteigen, er würde nur der Polizei auffallen, ein Mann mit blutgetränktem Verband; außerdem brauchte die Hand Ruhe, ehe sie schalten musste. Er machte die Wagentür wieder auf, er glaubte, sich übergeben zu müssen, aber es war nur sein Impuls, sich umzustülpen, etwas loszuwerden, das Gefühl des Verpassten, als könnte man es so ausspeien wie ein verdorbenes Essen, konnte man aber nicht. Da war nicht mehr als ein Würgen an der brennenden Leere, die er einmal im Jahr gespürt hatte, wenn ihn die Kressnitz mit ihrem Weihnachtsgeschenk in die Oper brachte, er dann neben ihr saß, sogar im Anzug, und das Besetzungsblatt vors Gesicht nahm, sobald eine Einsame auf der Bühne, zuletzt in Norma, all ihren Schmerz über ein verlorenes Glück heraussang und er kaum den Namen der Sängerin lesen konnte, weil er nur noch nasse zitternde Wimpern sah. Das Lieben, das Vergehen darin, alles Schmelzen, er hatte es immer vermieden und dafür Bücher gemacht, die davon erzählten, jedes durch seinen Stift so verschlankt, so ausgedünnt, bis nichts mehr darin weich war, faulig, süß, nur noch Sätze wie gemeißelt, ohne die Klebrigkeiten, die Widerhaken der Liebe, all ihr Unsägliches.

Ein Rucken ging durch die Fähre, das war schon das Rucken ans Festland, und wer im Auto geblieben war, ließ den Motor an, also ließ auch Reither den Motor an, raffte sich dazu auf, wie man sich aufrafft für einen neuen Tag, das Herz noch unbekannten Tröstungen entgegenwirft, in der Art verlassener Frauen, wenn sie anfangen zu schreiben, ihr Herz in die Hand nehmen, aber vielleicht wird ja jeder Verlassene vorübergehend weiblich, wer weiß. Das Deck ging auf, jetzt am Bug der Fähre, erste Autos fuhren über die Rampe, in ein beglückendes Licht zwischen Tag und Nacht, das ihm die Luft nahm, auch wenn er noch atmen konnte, die Luft, um sich der abendlichen Welt zu stellen; er konnte im rechten Moment den Gang einschieben, die gesunde Hand am Steuer, er konnte durch eine der Parkdeckgassen fahren und über die Rampe auf einen fußballfeldgroßen Platz, und doch war ihm der Hals wie zugeschnürt – ja dieses kleine Wie hätte er sogar gestrichen.

Der Platz lag zwischen Hafenanlagen und einer Häuserzeile in erschöpften Farben, davor Straßenlokale und hohe Palmen, das erfasste er noch, dann sah er, dass über den ganzen Platz Polizei verteilt war. Alle, die zu Fuß aus der Fähre kamen, sie wurden hinter ein Absperrband gewinkt, bald eine dunkle Menge, während die Autos ein Stück auf den Platz fahren sollten, für Sichtkontrollen oder mehr, Durchsuchung des Kofferraums mit Befragung, am Auto oder in einem der angestrahlten Container. Reither sah auf die Menge hinter der Absperrung. Es war kaum möglich, jemanden dort zu entdecken, auch wenn er nur Schritttempo fuhr, die aufgeschnittene Hand seitlich an der Kopfstütze, gegen den Blutfluss und auch, weil es wie eine lässige Haltung aussah, spielerisch ein Tuch um die Hand gewickelt. Und dazu stellte er noch das Radio an, nicht den Rekorder und die alte Kassette, nein, er suchte Musik, die in die Zeit passte, fand aber nur Gerede, Mann und Frau, beide überdreht, aus dem Häuschen, wie man sagt; ihm war auch das recht, alles, um von der Schneide des Augenblicks herunterzukommen, während es in der Schlange vorwärtsging. Nur jeder dritte, vierte Fahrer musste den Kofferraum öffnen, Autos mit Kennzeichen wie seinem wurden durchgewinkt – wie wenig es doch brauchte für freie Fahrt, nur den richtigen Buchstaben und ein blasses Gesicht, auch wenn es blass war vor Schmerz in der Wunde. Im ersten Gang und mit einer Hand, die andere noch an der Kopfstütze, fuhr er an den Behelmten vorbei, und auf einmal ging es dicht an der Absperrung entlang und damit an der Menge mit Sack und Pack. Viele riefen einander etwas zu, andere telefonierten laut oder machten mit Selfiestangen Fotos, wieder andere drängten sich blind voran; auch bei langsamster Fahrt war kaum ein Gesicht zu erkennen, und hinter ihm war schon Gehupe, jedes auch nur kurze Halten war unmöglich, selbst wenn er Leonie Palm in der Menge entdeckt hätte – irgendwo musste sie sein, mit oder ohne dem Mädchen, und er rief ihren Namen aus dem Fenster, als wären sie ein altes Paar, eins, das sich im Gängegewirr der Fähre verloren hat. Polizisten winkten die Fahrer weiter, die Schlange löste sich immer mehr auf, und schließlich konnte er in eine Straße nach links oder rechts einbiegen, aber auch geradeaus zur Autobahn fahren. Er konnte tun und lassen, was er wollte, nur nicht stehen bleiben, nicht aussteigen, sich auf die Suche nach zwei Menschen begeben.

Und Reither entschied sich für die Häuserzeile mit den Lokalen und auch kleinen Läden, er fuhr darauf zu, röhrend noch im ersten Gang, und hielt vor einer der Auslagen mit Lebensmitteln und Weinen, die Etiketten auf manchen Flaschen wie kleine Plakate vergessener Opern. Er wollte jetzt besten Rotwein, wie Samt auf der Zunge, mit jedem Schluck mehr ein Samt um alles Offene, Wunde. Also nahm er den Hunderter, der noch übrig war von dem gezogenen Geld, den er nicht in die Jacke gesteckt hatte, sondern in die Hose, und betrat den Laden, die umwickelte Hand hinter dem Rücken. Etwas einzukaufen, das war Alltag, das gewohnte Leben, man versorgte sich mit dem Nötigen, und er kaufte Fladenbrot und Käse, kaltes Huhn und eingelegte Oliven und einen Wein, der so dunkel war wie das Hemd um seine Hand, außerdem zwei Plastiktüten. Der Ladenbesitzer, ein alter Mann mit zuverlässigen Unterarmen, sah wohl etwas von dem Hemd, aber beeilte sich nur mit dem Wechselgeld, und er, Reither, wandte sich ab und schob die Hand samt dem Hemd in eine der Tüten, so verließ er den Laden und stieg wieder ins Auto. Er stellte die Einkaufstüte auf den Beifahrersitz, die andere behielt er um die verbundene Hand; jede Bewegung damit war wie ein Aufspreizen der Wunde. Er sah in den Rückspiegel, ob die Straße frei war, und er sah in den Innenspiegel, ob er das noch war, der jetzt nicht mehr wusste, wohin, das Haar verklebt und Schweiß in den Augen, Augen wie die der Einweiser im Parkdeck, entzündet vom Dauerwind und den Abgasen und einem Heimweh, das wohl die kleinen Adern zum Platzen bringt.

Er ließ die Kupplung kommen und fuhr einfach weiter die Häuserzeile entlang, nun schon im Abenddunkel, er rief noch einmal den Namen, an den er sich gerade gewöhnt hatte, auf die Straße hinaus, aber nicht mehr, um Antwort zu bekommen, wie auch, dafür die absurde Gewissheit, allein zu sein, weder zu dritt noch zu zweit, sondern allein im Auto, in seiner Hand einen sinnlosen Schmerz, wie als Beweis, dass es auch keinen Sinn ergab, ob man mit oder ohne Schmerz auf der Welt war und ein Leben lang aus halbfertigen Büchern ganze Bücher gemacht hat oder aus schlechten weniger schlechte; dass er mit all seinem Tun so entbehrlich war wie der Mensch überhaupt, kosmologisch gesehen – ein Notgedanke gegen die Auflösung: Ja, es gab ihn noch, ihn, Reither, der sich all das durch den Kopf gehen ließ im Fahren. Die Häuser in der Straße wurden immer unbewohnter, ihre Farben noch ausgezehrter, und mit einem Mal war er wieder im Hafenbereich, einer toten Zone. Er fuhr über Bahngleise auf einen Platz mit Baumstümpfen und wie vergessenen Containern, der Asphalt gesprengt von Gräsern, das Ganze zum Meer hin leicht abfallend, am Ende mit ein paar schwärzlichen Stufen zum Wasser. Kurz vor den Stufen hielt er an, die Stelle, an der es nicht weiterging, beim besten Willen nicht, nur mit dem Willen, sich aufzulösen. Er nahm den Korkenzieher, der zwischen den Hüten lag, und tat ihn zu dem Einkauf, er stieg aus dem Wagen und setzte sich auf die oberste Stufe; vier waren es, die unterste schon überspült und mit kleinen Muscheln besät, wie das alte Hafengehölz in Catania, über das die kranke Katze gekrochen war. Er zog die Tüte von der Hand und sah sein blutdunkles Hemd und hätte gern ein Foto von nahem gemacht, die rätselhafte Nahaufnahme: Was ist das? Bei Verstand bleiben, darauf kam es jetzt an, und solche Dinge halfen, ein Foto machen, etwas basteln, da vergaß man, dass man allein war, aber wenigstens gab es die Aufgabe, den Wein zu öffnen.

Er griff nach der Flasche und dem Korkenzieher und drehte den Dorn mit der heilen Hand in den Korken, die Flasche zwischen den Knien.

Von der Meerenge wehte ein Wind, noch nicht kalt, nur auch nicht mehr mild, etwas dazwischen, für das ihm ein Wort fehlte. Auf der Seite gegenüber die Lichter von Messina, alles erschien ganz nah – würde der Ätna ausbrechen, man könnte es sehen, vielleicht würde sogar der Boden unter ihm zittern. Reither packte den Korkenziehergriff aus Plastik und zog daran, aber zog nur die Flasche zwischen den Knien hervor. Er unternahm einen zweiten Versuch, die Flasche nun zwischen den Schenkeln, Beine über Kreuz, eine Klammer, und wieder zog er sie mit, die Flasche, und der Korken blieb, wo er war, machte den Wein unerreichbar. Beide Hände brauchte es, um ihn zu ziehen, eine musste um die Flasche greifen, sie so halten, dass sie sich nicht bewegte, fest auf dem Boden stand, während die andere am Korken zog. Es war einfach, eine einfache Logik, der er jetzt folgen musste, weil er es versäumt hatte, sich die Flasche im Laden öffnen zu lassen, den muskulösen Alten mit einer Geste, einem Blick darum zu bitten: Das hätte er tun sollen, nur wer denkt bei einer frischen Wunde gleich an die Behinderung, an das Handicap, eher denkt man doch, alles gehe weiter wie gewohnt und die Wunde sei womöglich gar nicht so schlimm wie auf den ersten Blick, viel Blut nur, wie man es im Film oft sieht. Er nahm Zigaretten und Feuerzeug aus der Hose, er steckte sich eine Zigarette an, das ging, das war leicht, dazu brauchte es nur eine Hand. Und nach ein paar Zügen wickelte er das Hemd ab, nur die letzte, durchweichte Lage nicht, wo der Stoff schon in das Klaffende gesunken war. Aber die Finger waren jetzt beweglich, sie konnten um den Flaschenhals greifen, ihn halten, während er erneut am Korken zog, einmal, zweimal, vergeblich, vor Schmerz laut in den Wind schnaufend – es war keine Frage von Kraft, es war eine von Entschlossenheit, den Korken mit nur einer Bewegung der nicht locker gelassenen Flasche zu entreißen. Und beim dritten Halten der Flasche, beim dritten Ziehen, schnaubte er mit aufgerissenem Mund, als hätte er in glühende Scherben gegriffen, ein Ziehen, dass er nach hinten kippte, mehr auf den Rücken fiel als sank, mit dem Kopf auf den Belag schlug, benommen für einen Moment, in sein Schicksal ergeben, auch wenn er es gar nicht kannte, nur dieses zu große Wort plötzlich da war wie ein Gebet, als er den Himmel über sich hatte, die nun ganz vom Hemd gelöste Hand in einem fahrigen Hin und Her über dem eigenen Keuchen.

Reither sah sich da liegen, mit rudernder Hand über weit offenem Mund, offen, weil er nach Luft rang, aber auch durch Ausstoßen von Luft und helle Kopftöne, einem hemmungslosen Schluchzen, auch wenn er das gestrichen hätte, ja komplett geschwärzt wie die geheimsten Sätze auf geheimen Papieren; er sah sich da also, wie aufgelöst, und sah sich auch nicht: war aufgelöst – wie lange das ging, er hätte es nicht angeben können, nicht sagen können, drei Minuten habe er da gelegen, oder fünf, obwohl er alles tat, sich zu konzentrieren, etwa auf den Tag, das Datum, die Uhrzeit, den Ort, seinen Kopf zu gebrauchen, sich damit wieder zu fangen. Es war Donnerstag, der dreiundzwanzigste April, abends gegen neun Uhr, sonst wäre der Himmel nicht dunkel, und er war allein mit aufgeschnittener Hand bei einer alten Steintreppe ins Meer, in die Meerenge von Messina. Und allein, das hieß, es gab keine Hand im Nacken und keine Lippen auf seinen, keine Schenkel, die er hielt, und keine Schritte vor einer Tür, kein Klingeln und keine erste gemeinsame Zigarette, keine verrückte Idee, nachts in die Berge zu fahren, um die Sonne aufgehen zu sehen; es gab kein allmähliches, wie ein gutartiges Geschwür in ihm wachsendes Lieben mehr, keine Leonie mit Strohmelone, die ihn hätte erlösen können, und auch kein Mädchen von sonst wo, mit dem vielleicht alles sinnvoll geworden wäre. Es gab nur das Klaffen in seiner Hand und die Weinflasche mit einem Korken, den er nicht ziehen konnte, und den furchtbaren Wunsch, noch einmal jung zu sein, bei Wind und Wetter Raubdrucke zu verkaufen und seine Standnachbarin zu erobern, um ihr zum Sechzigsten kein Geständnis machen zu müssen. Die Zeit, seine Zeit, zog sich zusammen, die noch möglichen Jahre erschienen ihm wie ein einziger Tag, mit einem Schmerz in der Brust, ganz anders als dem in der Hand, dem kindlich stillen Schmerz, wenn sich die Sommerferien dem Ende zugeneigt hatten und das brennende Glück, dass eben jetzt Ferien sind, es jetzt gilt, mit dem Geschenk zu leben, sich frei zu fühlen, weil man es darf, von einem Tag zum anderen erloschen war: Die letzte Ferienwoche war keine mehr, da zog sich das Herz schon zusammen. Ihn hatte dieses brennende Glück noch einmal erreicht, unvorbereitet aus grauem Himmel, ja bis vor einer Stunde, bis sie zu dritt auf die Fähre fuhren, hatte es auch noch geheißen: Jetzt gilt es, erwirb, was dir gewährt wurde, um es nicht zu verlieren. Und inzwischen galt es nur noch, eine Ambulanz zu finden, oder jemanden, der ihm den Korken zieht. Reither lag auf dem Rücken und weinte – und hätte das in einem Buch wohl auch so stehengelassen –, er weinte um sich, und Punkt.

Die Windböen vom Meer nahmen zu, sie beugten die Gräser, die den Asphalt gesprengt hatten, und fegten Teerkrümel über den Boden, sie wirbelten kleine Gestöber auf und rissen die leere Plastiktüte zu den Containern, sie drückten die andere mit dem Brot und dem Käse darin, dem Huhn und den Oliven an Reithers Wange, als würde wer nach ihm tasten, ich bin bei dir, ich halte dich. Leonie – ein Rufen zum Wasser hin, dem Meer, das mit Kussgeräuschen über die muschlige Stufe schwappte, und dennoch muss es einer gehört haben, einer, der etwas wie Hey zurückrief, oder was man als Silbe ins Dunkle ruft, und dann knirschte es auch schon unter Schuhsohlen, jemand kam auf ihn zu, langsam, also vorsichtig, man konnte ja nie wissen in solch einer Gegend. Can I help you, man?

16

Kapitel gegen Ende eines Buchs nehmen in der Regel an Umfang ab, wie die am Ende eines Lebens, das keine langen ruhigen Zeiten mehr hat, nur noch solche von Einschnitt zu Einschnitt, der erste Freund, der zu Grabe getragen wird, das letzte Umarmen eines Körpers, den man noch nicht kennt – Reither sah diese zwei, drei Schlusskapitel förmlich auf sich zukommen, als ein Afrikaner in gelbem Sportanzug mit Kapuze neben ihm in die Hocke ging, auf seinen Rucksack gestützt, das Gesicht dunkler als der Nachthimmel, bis auf das Rötlich-Weiße in den Augen und die hellen Zähne – ein reines Wiedergeben von Phänomenen, wie der Afrikaner von ihm sagen könnte, dass er ein älterer, am Boden liegender Mann sei, Mitteleuropäer, blutend und an eine Weinflasche geklammert; am Boden zerstört wäre kaum zu viel gesagt. Can I help you? Noch einmal, leiser jetzt, seine fast höfliche Anfrage, als läge es nicht buchstäblich auf der Hand, dass Hilfe vonnöten war. Diese Flasche, sagte Reither und hielt sie etwas hoch, die lasse sich mit einer Hand nicht öffnen, und die andere, die sei nicht zu gebrauchen, sei böse – bad, mehr fiel ihm nicht ein im Moment, und sein schwarzer Samariter, falls er das war, ein noch junger Mann, keine dreißig, nahm die Flasche, zog den Korken.

Ein ploppender Laut, erst vor wenigen Tagen zuletzt gehört, aber ein Wiederhören, als wären Wochen vergangen. Der Afrikaner, oder woher sollte er sonst kommen – aus der Wiege der Menschheit, aber das klang nur schön –, drehte den Korken ab und schob ihn mit dem schmaleren Ende wieder ein Stück in die Flasche und stellte die Flasche auf den staubigen Teerbelag, May I see your hand? Wieder eine leise und doch jetzt auch dringende Frage und Bitte, schon über die Hand gebeugt, und aus dieser Haltung heraus sagte er ein paar Worte zu sich, als müsste er für seine Hilfe erst um Vertrauen werben, nämlich wie er hieß, Taylor, und woher er kam, aus Nigeria, aber auch, wohin er wollte, und Reither fiel ihm ins Wort: Das sei das Land, aus dem er komme, sein Land. My country, sagte er, etwas, das er noch nie so gesagt hatte, aber auf einmal war es gesagt, und er hätte dafür geradezustehen. Nur ging der Mann aus Nigeria darauf gar nicht ein oder tat so, als spielte es für ihn keine Rolle, an wen er sich helfend heranmachte; er öffnete den Rucksack und holte aus den Tiefen ein Blechkästchen und auch einen Becher aus Blech, den stellte er neben die Weinflasche. Dann bat er erneut um die Hand, noch etwas leiser, noch etwas dringlicher, und Reither zeigte den klaffenden Schnitt, und nannte jetzt auch seinen Namen und zur Erklärung noch das englische Wort dafür, ob es so stimmte oder nicht; er zog die Zigaretten und das Feuerzeug aus der Hose und hielt dem Nigerianer eine Zigarette hin, aber der wiederholte nur den Namen, Reiter like rider, und ging schon zu anderem über. Er öffnete sein Blechkästchen, er zeigte den Inhalt, Verbandszeug und eine Spraydose, verschlossen mit Klebeband, kleine und kleinste Schachteln und Fläschchen zwischen zerdrückten Tuben, eine Schere, wie Frisöre sie haben,

Pinzetten und ein Teppichmesser und eine wohl selbstgebastelte Stirnlampe, sowie mehrere Nadeln und Zwirn. Er holte die Dose heraus, machte den Klebebandverschluss ab und sprühte sich etwas Klarsichtiges auf die Hände – Disinfection, erklärte er feierlich, und Reither sah zum Nachthimmel mit nur wenigen Sternen.

Ein Sternenmeer hätte jetzt gutgetan, kein anderer Anblick führt einen weiter weg von sich, mit Lichtgeschwindigkeit löst man sich auf und ist nur das, was man schaut, und selbst ein Nichts, ein Bangen höchstens. Sein vom Himmel gefallener Helfer band sich das Lämpchen um die Stirn und knipste es an, er sagte mit einer weichen, summenden Stimme Just relax und nahm zwei der Pinzetten und spreizte den diagonalen Schnitt im Handteller. Reither hob den Kopf, wie um dem Schmerz ins Auge zu sehen, aber da waren vor allem die Augen, die sich die Wunde anschauten, leicht verengte, ruhige Augen, ein ruhiges Einschätzen der Lage – sicher ein begehrter junger Mann bei solchen Augen, dazu ein großer, aber fester Mund und eine schöne Nase, auch wenn schön nicht viel sagt, nur dass sie gut anzusehen war. Er griff nach der Weinflasche und zog mit den Zähnen den Korken heraus und füllte den Becher, er nahm sich eine Zigarette und fragte, ob er rauchen dürfe oder ob das die Arbeit störe, und der Nigerianer gab ihm Feuer, Momente lang so nah mit dem Gesicht, dass er kleine kreuzförmige Narben darin erkannte, auf den schwarzen oder im Schein der Feuerzeugflamme eher glänzenden Wangen; er hob jetzt wieder den Kopf, die Hand mit der Zigarette am Mund, und sah, wie sein Helfer mit der Pinzette ein Stück Mull aus dem Kästchen hob und mit dem Mull das schon angestockte Blut aus dem Schnitt tupfte, mal dazu beruhigend summte, mal weitere Angaben zu seiner Person machte, dass er aus Lagos komme und seit fast einem Jahr unterwegs sei, gewohnt, sich selbst zu helfen bei Verletzungen. Ob es sehr wehtue, fragte er, und Reither wiegte den Kopf, nicht sicher, wie weh es tat oder ob es nicht auch guttat, was der Mann aus Lagos da machte; nach dem Säubern der Wunde ließ er aus einem seiner Fläschchen eine bräunliche Lösung in das Klaffende tröpfeln, wieder mit beruhigendem Summen, so wie man Kinder von Schmerzen ablenkt, und als auch das getan war, knüpfte er den Zwirn an eine der Nadeln, das Öhr darin winzig und die Nadel vorn leicht gekrümmt. Jede kleine Bewegung der schwarzen Hände mit ihren helleren Innenseiten erschien Reither wie abgezirkelt, sehenswert, und man konnte sich vorstellen, wie dieser Taylor eines Nachts am Rand von Lagos seine Sachen gepackt hatte, akribisch das Nötigste, um noch vor Morgengrauen aufzubrechen Richtung Europa, das erste Stück auf einem Lastwagen, die Arme um den Rucksack geschlungen. Ob er ganz allein unterwegs sei, fragte Reither, jetzt auf einen Ellbogen gestützt, um noch besser zu sehen, was mit ihm passierte, und Taylor sagte nur Nein, als wollte er nicht mehr dazu sagen, dann begann er mit dem, was getan werden musste. Es werde achtmal wehtun, erklärte er leise, ein kurzer Schmerz, und man sollte an etwas Schönes denken dabei, an das, was man am meisten liebe. Und Reither nickte nur und verfolgte jede Bewegung der beiden Hände, wie sie mit den sehnigen Fingern das Klaffende zusammendrückten und die Nadel führten im Schein der Stirnlampe, sie erst ansetzten und dann entschlossen, mit nur einer Bewegung, so durch das Fleisch trieben, dass die Spitze rasch wieder hervorkam und sich die Nadel samt Faden herausziehen ließ, bis auf ein Stück, das der Mann aus Lagos abschnitt, um die zwei Enden nur mit den Fingerspitzen zu verknoten. Er summte wieder, nun aber mehr in sich hinein, wohl seine Art, sich zu konzentrieren, und nach jedem Knoten sah er kurz über die Schulter zu den alten Containern; als sich der Wind etwas drehte, glaubte Reither von dort ein stottriges Weinen zu hören, auch die beruhigenden Laute, die nur einer Mutter gelingen und ihm nicht gelungen waren bei dem Mädchen, weil er es für undankbar gehalten hatte: Das war ihm durch den Kopf geschossen bei dem Handgemenge im Auto, undankbar – hat alles Mögliche bekommen und will einfach abhauen. Reither drückte die Zigarette aus, seine Hand zitterte, auch seine Bauchdecke, das Denken kam dagegen nicht an, als würde es mitzittern. Und wieder, nach dem Verknoten des Fadens, dem Blick über die Schulter, das leise Weinen und mütterliche Beruhigen, eine Art Singsang zwischen den Containern, und bei ihm, für Momente, der verrückte Wunsch und zugleich Schrecken, die Palm hätte das Mädchen gefunden, irgendwo kauernd, verloren, und würde sie nun zu ihm bringen, damit sie von da an zu dritt wären.

Seine Frau und seine Tochter, sagte der Nigerianer, jetzt mit halbem Blick zu den Containern, und nach erneutem Summen, wie im Kontakt mit den beiden, einem Einklang, den nur die drei verstanden, machte er den letzten Stich, schon nah an der Handwurzel, und auch den letzten Knoten. Er besah sich das Ganze noch einmal, dann holte er Verbandszeug und eine Salbe aus seinem Kasten, und Reither wollte fragen, ob er mit seiner Familie von Lagos bis hierher geflohen sei, was ja kaum anders sein konnte, nur hätte er es gern gehört, im Grunde die ganze Geschichte der Flucht, wie er mit Frau und Kind, das Kind auf den Schultern, als kleine Familie bei Dunkelheit aufbricht und alles hinter sich lässt, weil die, die er liebt, um ihn sind, ihm Kraft geben für den schier endlosen Weg, aber schließlich fragte er etwas ganz anderes, ob er, Taylor, ein Arzt sei, und bekam als Antwort nur ein lachendes No und gleich die Gegenfrage, nach seiner Arbeit. Reither griff sich den Becher mit Wein, er trank den ersten Schluck; es war guter, auf der Stelle beruhigender Wein, der beste seit langem. Seine Arbeit sei vorbei, erledigt, getan, erklärte er, doch der junge Familienvater aus Lagos ließ nicht locker, er fragte nach der Art der getanen Arbeit.

Making und selling books.

What kind of books? Taylor begann, den Verband über einen mit der Salbe bestrichenen Gazestreifen zu legen, und Reither füllte den Becher auf; er sprach von Büchern, die es wert gewesen seien, gedruckt und verbreitet zu werden, geschrieben von Frauen wie von Männern, nur erzählten Frauen von ihren Wunden, Männer von ihren Narben. And you, Taylor, what is your plan? Er trank den Wein jetzt in kleinen Schlucken, während der Mann aus Lagos den Verband schloss, so, dass nur die Finger etwas hervorsahen; zuletzt stellte er noch mit Streifen aus dem Hemd, die ohne viel Blut waren, eine Schlinge her, um der Hand Halt zu geben, und brachte wieder Ordnung in seine Reise- oder Fluchtapotheke. Er sei ein Fischer, sagte er, und die Fischer müssten sich auf dem

Meer immer selbst helfen, in allen Notlagen. Aber er könne auch Fisch zubereiten, jeden Fisch, das wollte er von nun an tun, das sei sein Plan.

Taylor kam aus der Hocke, er tat den Blechkasten zurück in den Rucksack und stellte den Rucksack neben das Auto, dann ging er um das alte Cabrio herum; er klopfte gegen die Reifen und legte eine Hand auf die Motorhaube, er strich über Verdeck und Kofferraumklappe, als wollte er den Wagen kaufen, und nun kam auch Reither auf die Beine – es war ja kein Ort für die Nacht, und überhaupt mussten die Dinge weitergehen, solange das Herz schlug. Er füllte den Becher auf und trat zu seinem Helfer, er dankte ihm und bot den Wein an, For you, und der Nigerianer hob die Hand, mit der er die Nadel geführt hatte – kein Wein, Wein sei ihm nicht erlaubt, auch nicht Bier. Mit einem Ausdruck kam das, als wollte er um noch mehr Vertrauen werben, sieh, man kann auch ohne Wein, ohne Bier ein Mensch sein, und Reither leerte den Becher selbst – besser, als warum zu fragen, warum ihm Trinken verboten sei, herausgekommen wäre doch nur ein Wort für alles, mehr verdunkelnd als erhellend; er hatte sie nie geduldet, diese Allesundnichtswörter, und das Erzählen gefordert, erzählen Sie, dass er ein Moslem ist, ein Jude, ein Christ, ein Fischer aus Lagos.

Der Familienvater machte jetzt Zeichen, dass jemand näher kommen sollte, und aus dem Dunkel zwischen den Containern tauchte die Frau mit Kind im Arm auf, jünger als er, Mitte zwanzig, und eher schmal im Gesicht, nur die Augen hatten etwas Weites, Fieberndes. Sie war in ein blaues Tuch geschlungen, auf dem Kopf einen Turban wie ein kaputtes Nest, während das Kind, wohl kaum ein Jahr alt, womöglich unterwegs geboren, in eine Decke gerollt war. Ihr Vater nannte zwei Namen, die sich Reither nicht merken konnte – wie soll man sich Namen auch merken, wenn die Gedanken woanders sind, bei Bildern, die einer in sich trägt, dem der Wein erlaubt ist, und die aufplatzen, sobald etwas nur an sie rührt, ein Klaffen in der Brust, mit nichts zu vernähen. Er kam einfach nicht umhin, auf diesem verlassenen Platz mit den schwärzlichen Treppenstufen zum Wasser, der Meerenge, ein biblisches Bild aus Kinderzeiten zu sehen, auch wenn in der Decke ein Mädchen lag, kein erstgeborener Sohn, und Taylor ein Fischer war, kein Zimmermann; und er kam auch nicht umhin, diesen Fischer zu beneiden, was ja absurd war, kaum zu glauben, ein Gefühl, das er so noch nie erlebt hatte – seine Bekannten mit Ehe und Kinderglück, die Kleinen dumpf vor dem Smartphone am Esstisch, da hatte sich nichts gerührt in ihm, aber diesen jungen Mann auf der Flucht, den beneidete er um sein Leben ohne Dach und ohne Bett, ohne Konto und ohne Fürsprache, mit nichts in der Hand außer Frau und Tochter und dem eigenen Mut.

Dein Mann hat mich gerettet, sagte er zu der Frau und wiederholte es in der Sprache, die offenbar alle verstanden, und hob den Becher mit Wein, Auf dein Wohl, Taylor! Er trank den Becher aus und reichte ihn seinem Retter, der ging damit zum Wasser und spülte ihn gründlich, und er, Reither, korkte die Flasche zu, mit einer Hand – wie schnell man sich doch umgewöhnte, wenn die andere Hand fehlte, etwas schaffte, was vorher nicht zu schaffen war. Der Nigerianer tat den Becher wieder in den Rucksack, er nahm den Sack auf die Schulter und schritt noch einmal, nun marschbereit, Frau und Kind bei sich, um den Wagen herum, bis er vor dem vermeintlichen Besitzer stehen blieb, ihn ansah. Can you help us, rider?

17

Zwei Hunde kamen über den Platz, weißgrau, knochig, der eine schon älter, schwankenden Schritts, der andere, leichtfüßigere trotzdem hinterhertappend. Vor den Stufen zum Wasser legte sich der alte Hund hin und der jüngere daneben, das Ganze ein Intervall, wie eine Auszeit; Reither folgte dem Paar mit den Augen. Er war kein besonderer Tierfreund, aber Stadthunde hatten immer auch etwas Menschliches, als würden sie einem im Vorbeigehen sagen, was man im Grunde war, auch ein sterbliches, hilfebedürftiges Wesen – wer man war, erfuhr man in jedem Hotel, jedem Lokal, was man war, kaum irgendwo. Der Nigerianer nahm den Rucksack wieder ab und stellte ihn jetzt hinter den Wagen, wie bereit für den Kofferraum. Ob er schon ein Auto mit Schaltung gefahren sei, fragte Reither, das Steuer links, und zum ersten Mal zeigte sein Retter etwas Bekümmertes. Nur Fischerboote, sagte er, und mal ein Auto von seinem Chef ohne Schaltung, das Steuer rechts. Sorry.

Reither sah zu den Hunden. Der Knochige leckte dem anderen den Bauch, und der, faul auf der Seite, hatte eine Vorderpfote in der Luft, in einer Art pendelnder Glückseligkeit, wenn Hunde so etwas kannten. Für den Rucksack, für den gab es den Kofferraum, gut; aber es gab keinen Kindersitz, nur die Gurte, auch wenn einer der hinteren für zwei reichen mochte. Blieb die Frage des

Schaltens im Abendverkehr, fast unmöglich mit der ver-
bundenen Hand, dazu eine Tortur, also gab es kein Fahren, außer der Beifahrer würde schalten, es an Ort und
Stelle lernen, auch wenn er bisher nur die Lagune von
Lagos durchquert hatte, auf Booten, die so wenig seine
waren, wie ihm das alte Cabrio gehörte. Reither machte
den Kofferraum auf, und Taylor legte den Rucksack hinein, dann öffnete er die Fahrertür und klappte die Sitz-
lehne vor, damit die Frau mit dem Kind einsteigen konnte, und so geschah eins nach dem anderen; der Nigerianer
stieg vorne ein, und Reither setzte sich ans Steuer, die
Wirkung des Weins, sie war verflogen, er ließ den Motor
an, das ging mit der linken Hand, und mit der zeigte er
auch gleich auf den Schalthebel – er, Taylor, müsste die
Gänge einlegen, das werde man jetzt üben. Und der
Familienvater wandte sich an Frau und Kind, auch wenn
das Kind inzwischen schlief, und sagte den beiden, so
schien es, was nun geschehen würde. Reither verstand
kein Wort, aber es waren auch weniger die Worte, mit
denen Taylor die Seinen beruhigte, der jungen Frau klar-
machte, dass er das Auto mitbedienen müsste und es an-
fangs Probleme geben könnte, ein Rucken und Würgen,
beides deutete er an; es waren mehr seine Stimme, sein
Blick, die kleinen Gesten, als sei nach all den bestande-
nen Gefahren hier auf diesem Platz noch eine letzte Hürde zu nehmen, und dann zeigte Reither schon mit den
Fingern, die aus dem Verband standen, wo der erste, der
zweite und der dritte Gang lagen, mehr brauchte es vor-
erst nicht, und erklärte die Vorgehensweise, dass er beim
Drücken der Kupplung jetzt rufen werde, now. Und so
geschah es; sie fuhren eine und noch eine Runde auf dem

Platz, Taylor lernte schnell, er fand sofort jeden Gang, es gab kein Gerucke, dafür die Frage, wohin, wenn der Platz erst einmal verlassen war, der dichte Verkehr begann, und wenigstens wusste der Beifahrer, wohin; er wollte zum Bahnhof, um dort eine Tasche aus einem Schließfach zu holen, eine Tasche, die dort wohl besser aufgehoben war als bei ihm und wo sie zu dritt die letzten Nächte verbracht hatten, zwischen den alten Containern. Er sprach von wichtigen Papieren, die in der Tasche sein sollten, außerdem etwas Schmuck seiner Frau.

Der Bahnhof also, warum nicht – Reither stoppte am Rande des Platzes, vor einer Straße mit Verkehr in beiden Richtungen, Autos, Kleinlaster, Mopeds, ein steter Lichterstrom, und sein Mitfahrer aus Lagos beugte sich noch einmal nach hinten; er griff sich einen der winzigen Füße, die aus der Decke hervorsahen, er erklärte der Frau wieder etwas mit leiser Stimme, und sie flüsterte nur ein einziges Wort, eins, das Reither gern verstanden hätte, weil es wie eine Formel klang, die Formel für den Alltagsfrieden. Taylor drehte sich wieder nach vorn und schloss eine Hand um den Schaltknüppel, er sagte, sie müssten nach links, da gehe es zum Bahnhof, und Reither vertraute ihm, weil es besser war, als nicht zu vertrauen.

Er wartete noch zwei Mopeds ab, dann rief er sein Now und ließ die Kupplung kommen und bog im ersten Gang auf die Straße ein – manchmal sind Dinge, die lange unmöglich erschienen, zeitlebens fast, plötzlich ganz leicht, wie sich selbst loszulassen oder, aus umgekehrter Sicht, von sich abzurücken und für jemanden da zu sein, nicht irgendwann und irgendwo und auch nicht in Gedanken, also später, sondern gleich. Reither hielt vor einer Ampel, ein etwas hartes Bremsen, weil die Ampel gerade von Gelb auf Rot sprang, er kippte nach vorn und zur Seite und sah sich im Innenspiegel, bleich, mit grauem Bartschatten; schräg dahinter sah er die Fieberaugen der Frau. Sie liebte ihren Mann, keine Frage, es waren Augen voller Hingabe an Taylor, den Fischer, der abends inmitten einer fremden Stadt als Beifahrer eines Invaliden bereit war, auf ein Wort hin einen Hebel so zu bedienen, dass es voranging, weiter ihrem Ziel entgegen; sie würde sterben für diesen Mann, und Taylor für sie und das Kind in der Decke, während er, Reither, sitzen geblieben war bei seinem Glas Wein, als Christine mit dem Leben im Bauch davonging, um mit dem Zug nach Hause zu fahren und dieses Leben dort beenden zu lassen, ja, er hatte sogar genippt am Wein und Bittedanngehdoch gedacht.

Die Ampel wurde grün, und Taylor tat schon von sich aus das Richtige, bestimmt hätte er auch das Auto sicher durch den Verkehr gelenkt, Reither traute ihm alles zu, selbst einer Frau beim Gebären zu helfen. Der Bahnhof war jetzt ausgeschildert, man konnte sich gar nicht verfahren, und nach zwei weiteren Ampeln tauchte er auch schon auf, und er hielt an einem Straßenrand mit Händlern, all ihre Ware auf Tüchern am Boden, Feuerzeuge, Sonnenbrillen, Kappen. Der Nigerianer stieg aus, er überquerte die Straße hin zu einem Vorplatz auf der anderen Seite und ging auf das kasernenartige Bahnhofsgebäude zu, fast ein Schlendern, wie um nicht aufzufallen. Reither behielt ihn im Auge, bis er in dem Gebäude verschwand, dann sah er in den Innenspiegel. Die Frau stillte ihr Kind. Neben den beiden stand die Tüte mit der angebrochenen Weinflasche, dem Brot und dem Käse, dem kalten Huhn und den Oliven – gern hätte er noch etwas von dem Roten gehabt, auch etwas vom Käse, aber er traute sich nicht, die Stillende anzusprechen, sie um die Tüte zu bitten, und schon gar nicht wollte er nach hinten greifen, noch einmal diesen Fehler machen. Also schaute er wieder über die Straße, zu dem Bahnhofsplatz mit seinem Gewimmel, während ein feiner Geruch von Milch und Schweiß nach vorn zog – fein nicht ganz das treffende Wort, nur, was bleibt noch an Worten, an Sprache, wenn man bei jedem Luftholen meint, es würde einem mitten durchs Herz ein Faden gezogen. Reither wollte aussteigen und rauchen, aber da kam der angelernte Beifahrer schon wieder über den Platz, erneut ohne Eile, die Tasche aus dem Schließfach in beiden Armen, noch etwas, das er mit seinem Leben verteidigen würde. Wie eine vertraute Person erkannte er den Fischer aus Lagos, obwohl der Platz voller Menschen war, die mit ihrer Habe, Bündeln und Koffern, beieinanderstanden, und in einer Lücke erkannte Reither noch jemanden, sogar von hinten.

18

Eigentlich hatte er nur seine Jacke erkannt wie ein Stück von sich in der Menge, und es brauchte ein paar Herzschläge, um von der Jacke auf die zu schließen, die sie lose um die Schultern trug, wie er es selbst oft getan hatte an milden Abenden.

Ja, es war ein milder, jeden aus seinem Gehäuse lockender Abend, so hatte er ihn in Erinnerung, einer von jenen Abenden, die schon etwas vom Sommer auftischen, mit bloßen Armen, bloßen Kniekehlen und all den kleinen Tattoos, wie von einer Stunde zur anderen von ihren Hüllen befreit, aber dafür hatte er jetzt keine Augen mehr. Er machte den Motor an und trat auf die Kupplung, er zog die verbundene Hand aus der Schlinge und schob den Schalthebel nur mit den Fingerspitzen in den ersten Gang, und doch war es, als würde etwas den Schnitt aufreißen, er musste dagegenatmen, scharf Luft einziehen und wieder zwischen den Zähnen hervorstoßen; der Nigerianer war am Rande des Platzes stehen geblieben, um den Verkehr abzuwarten, und auch er musste warten, bis alle Autos durch waren, dann nahm er den Fuß von der Kupplung und zog schon das Lenkrad herum und fuhr über die Straße bis an den Platz. Dort stoppte er so, dass Taylor zusteigen konnte, seine Tasche auf den Schoß nahm, aber anstatt aus dem Wagen zu springen, bog er ein in den Platz und fuhr langsam auf die Menschen zu, bis er in Nähe der Jacke, keine zehn Schritte dahinter, noch einmal hielt und den Motor jetzt abstellte. Eine Minute, und er sei zurück, rief er beim Aussteigen – Just one minute, Taylor!

Das laute Durcheinander auf dem Bahnhofsvorplatz, all das Reden und Rufen der Leute, die irgendwohin wollten, es war auf einmal leiser, als hätte er etwas in den Ohren, obwohl er sein Herz hörte oder zu hören glaubte – wie schnell man sich ja irrt, wenn es um das eigene Herz geht, und auch zu Worten greift, die den Irrtum noch festhalten; und überhaupt: Wie oft hatte er lesen müssen, dass am Schluss einer Geschichte zwei getrennte Hauptpersonen noch einmal aufeinandertreffen, aus Zufällen, die dann gar keine sind, als steckte eine tiefere Notwendigkeit dahinter, tiefer als die eines Endes, wie es gewöhnliche Leser schätzen. Und er, er ging auf eine Jacke zu, von der er sich nie hatte trennen können, ein gewöhnlicher sentimentaler Mann, über dem Jackenkragen das Haar, das nachts sein Gesicht bedeckt hatte, und um eine der Schultern die Tasche, die ihn am Kopf traf. Erst eine Armlänge vor der Jacke mit ihren hinteren Falten, die einmal Mode waren, blieb er stehen, für Momente ganz still, bis er Luft holte, um etwas zu sagen, ohne zu wissen, was, aber da drehte sich Leonie Palm schon um und sah ihn an, als müsste sie ihn nach längerer Trennung erst wiedererkennen; und die Hand in der Schlinge, die schien sie zu übersehen. Ich habe nach dir gerufen, sagte sie. Auf dem Platz vor der Fähre, immer wieder. Reither, hier bin ich, warte. Ich sah das Auto, du bist einfach weggefahren.

Das ging nicht anders. Ich war in einer Schlange, und alle fuhren. Und mir lief das Blut. Was sollte ich tun? Er hob jetzt die verbundene Hand, fast ein Winken damit, und die Palm sah an ihm vorbei, wohl zu ihrem Wagen und den Fahrgästen darin. Willst du erzählen, was mit deiner Hand passiert ist?

Und er erzählte es mit wenigen Sätzen und sah schließlich auch zu dem Wagen mit noch offener Tür – sein Helfer aus Lagos, der warte dort mit Frau und Kind. Und das Mädchen, was ist mit ihr, ist sie verschwunden?

Nein, ist sie nicht – Leonie strich sich verwehtes Haar von den Augen, ihr Gesicht war wieder das der Frau, die vor Tagen oder Wochen abends bei ihm geklopft hatte, die Augen eher kühl als warm – ich habe sie noch gesehen unter den vielen, die zu Fuß aus der Fähre kamen, sie hat mit einem Mann geredet, sie ist nicht stumm. Und sucht einen, der ihre Sprache spricht, der sie versteht und nicht festhält. Wer weiß, was sie erlebt hat, wir wissen es nicht. Und dich sah ich dann wegfahren und bin zum Bahnhof gelaufen. Nachher geht ein Zug über Neapel und Rom bis Florenz. Ich war noch nie in Florenz.

Und an dem Punkt suchte er seine Zigaretten, aber in der Hosentasche war nur das Feuerzeug, die Zigaretten fehlten, ihm fehlten sie. Bei den letzten paar Worten, wie vor sich hin gesprochen und doch ihm ins Gesicht gesagt – ich war noch nie in Florenz –, hatte er gespürt, dass er an Boden verlor, so, als würde der Bahnhofsplatz überschwemmt, sie aber stünde auf etwas Erhöhtem, einer Kiste, einem Stuhl, ihrer Ruhe. Im Auto ist noch ein Platz frei, erklärte er. Taylor und seine Frau und das Kind können hinten sitzen, das Kind ist klein, es wird noch gestillt. Also warum fahren wir nicht alle nach Florenz? Eine Verzweiflungsidee, aber wer merkt das schon gleich;

er sah sie noch fragend an, als sie ihren Wohnungsschlüssel aus der Tasche holte und ihm den Schlüssel gab. Diese Leute, sagte sie, waren nicht ewig unterwegs, nur um die Uffizien zu sehen. Aber ich will sie noch sehen. Und du lässt die drei in meine Wohnung. Weil ich auch noch andere Orte sehen will.

Und dieses zweimalige Noch, das hatte er gehört, aber nicht wirklich gehört, es nicht begriffen in dem Augenblick. Das Einzige, was er begriff, war, dass Leonie Palm nicht wollte, was er wollte, ohne dass er gewusst hätte, was er am Ende wollte, nur im Moment: dass sie mitfährt, dass sie bei ihm bleibt. Und er sah sich weiter an Boden verlieren und sah auch noch, wie Polizei aus dem Bahnhof kam, ein ganzer Trupp in Schwarz mit Helmen, und in Reihe auf das Menschengewimmel zuschritt, so dass es bloß eine Frage der Zeit war, wann sie das Auto sehen würden, das auf dem Platz nichts verloren hatte, darin eine Familie, die in dem Auto und vielleicht auch auf dem Platz, ja unter Umständen nicht einmal etwas in dem Land verloren hätte. Du musst dich entscheiden, sagte er. Fahr mit oder fahr allein.

Allein? Leonie hatte das Wort wiederholt, aber mit einem so fremden Blick, dass er auf ihre Riemchenschuhe sah, ihre Füße, das Erste, das er geliebt hatte an ihr, weil es schutzlos war und eine Hoffnung darin lag, als sie bei ihm vor der Tür stand, die Hoffnung, irgendwohin zu fahren, wo diese Schuhe und diese Füße und alles, was diese Füße trugen, zu seinem Recht käme. Allein sei sie, seit er sich auf dem Platz bei der Fähre davongemacht habe. Sie kam etwas näher, und er sah wieder auf; fast so nahe kam sie, dass er ihre Wimpern oder die Fältchen zwischen den Augen hätte zählen können. Sag mir eins, Reither, hast du mich hier am Bahnhof gesucht?

Und da hatte er wohl zu lange gezögert, sich gefragt, was er ihr antworten sollte, ja oder nein, und sogar versucht, einzelne Wimpern zu unterscheiden, um die Ruhe zu bewahren oder vorzutäuschen, der auf dem Foto in seiner Küche zu sein, ganz bei sich, aber mit Frauenbeinen im Hintergrund, nur sah sie ihn plötzlich an, aus tatsächlich ruhigen, durchschauenden Augen, und sagte, er sollte besser nichts sagen, den Mund halten. Es war fast eine Bitte, die Bitte, ihr nicht wehzutun, ja sie berührte sogar den Verband, wie um anzudeuten, nicht nur er sei verletzt, und in dem Moment schien es, als wüsste er letztlich nicht mehr über sie als über das Mädchen, das ganz den Mund gehalten hatte. Dann klären wir jetzt noch das Praktische, sagte sie, ein Frauensatz, den er seit langem kannte. Ich würde gern die Jacke haben, gegen mein Auto, geht das? Sie griff in die Innentasche und holte die drei Hunderterscheine heraus, alles andere Wichtige hatte er bei sich, das wusste sie offenbar, und er sagte, ja, das geht, und sie reichte ihm die Scheine, und er griff sie mit der genähten Hand, dass ihm der Schmerz in die Augen fuhr, aber das sah Leonie Palm nicht oder wollte es gar nicht sehen. Sie hätte gern noch ihren Hut und ihr Buch aus dem Auto, sagte sie, und auch das ging; er eilte zum Auto und nahm ihr Buch und den Hut, er rief wieder One minute, Taylor, und diesmal wurde es nur eine Minute, die klarste zwischen Leonie Palm und ihm. Er übergab das Buch und erlaubte sich, ihr den Hut aufzusetzen und sie zu fragen, wann sie sich wiedersehen würden, und sie sagte, sie fahre jetzt nach Florenz, und wenn es sich machen ließe, auch nach Lucca und Ravenna und später nach Triest, obwohl ihre Zeit kaum reichen würde, um alles Versäumte noch zu sehen. Und damit legte sie ihm eine Faust an die Brust und drückte ihn sachte weg. Ich hatte dich gefragt, ob du gesund bist, aber nur um zu erfahren, wie viel zwischen uns liegt. Zu viele Jahre auf deiner Seite – beneidenswert! Das war ihr letztes Wort; sie hatte dann nur noch den Hut frech nach hinten gerückt und war in seiner Jacke Richtung Bahnhof gegangen, über dem Kreuz die Ziehharmonikafalten, die so aus der Zeit fielen wie alles, was er mit ihr erlebt hatte.

Bliebe jetzt nur noch zu klären, womit die Geschichte, die ihm noch immer das Herz zerreißt, enden sollte – wenn er die alten Maßstäbe anlegte, genau mit jenen Falten, die aus der Mode waren. Ansonsten aber würde er noch erwähnen, dass der Mann aus Lagos bereits an der Autobahn das Steuer übernahm und die ganze Nacht durchfuhr, während sein Beifahrer totähnlich schlief, bis über Florenz die Sonne aufging, groß und schon warm, und Leonie Palm noch einmal nah war. Danach erst wieder, als der Erzähler ein Paket aus Triest erhielt, Absender die Adresse einer Pension, und in dem Paket die Strohmelone und eine Karte, auf der stand, dass ein Hut als Bedeckung für den rasierten Kopf ein zu billiger Trick sei, so wie das Buch, das man sich selbst druckt – und deine schöne Jacke, Reither, die folgt, sobald ich sie nicht mehr brauche.